JAN BENEDIX

Die liebste Perle und ich

Jan Benedix

Die liebste Perle und ich

Heiter-romantische
Geschichten zum Verlieben

Bibliografische Information der Deutschen Bibliothek

Die Deutsche Bibliothek verzeichnet diese Publikation in der Deutschen Nationalbibliografie; detaillierte bibliografische Daten sind im Internet über http://dnb.ddb.de abrufbar.

EINBANDGESTALTUNG:
Jan Benedix
und Designbüro Anke Wolf
Salzkottener Str. 56, 33106 Paderborn
Tel. (0 52 51) 8 79 03 89

LEKTORAT:
Verlagsbüro Andrea Stangl,
Salzkottener Str. 56, 33106 Paderborn
Tel. (0 52 51) 8 78 46 33

HERSTELLUNG UND VERLAG:
Books on Demand GmbH, Norderstedt

ISBN 978-3-8334-6960-2

Marmeladengläser
voll allumfassender Liebe

»Kannst du mir mal bitte das Marmeladenglas aufmachen, Jan?«, fragte die liebste Perle am Frühstückstisch.

»Klar.«

Ich nahm den Deckel fest in die Hand und drehte kräftig.

Schnapp –

»Danke schön, Jan.«

Zufrieden machte sich die liebste Perle über die Marmelade her. Ich bekam nichts ab. Aber das spielte auch überhaupt keine Rolle – denn ich mag keine Marmelade. Ich liebe nur die Gläser, in denen sie aufbewahrt wird. Ja, ich weiß noch ganz genau, wie mich die liebste Perle damals zum ersten Mal gefragt hat, ob ich ihr ein Marmeladenglas aufmachen könne. Von dem Tag an wusste ich: Sie liebt mich. Und zwar allumfassend. Die alten Griechen nannten das: *Agape* – die allumfassende Liebe. Erstens, weil man den Deckel vom Marmeladenglas dabei umfassen muss, und zweitens, weil sie über den *Eros*, die Geschlechterliebe, erhaben hinausgeht. Und das, obwohl sie nicht etwa geschlechterunabhängig ist, sondern sich tatsächlich ausschließlich auf die holde Weiblichkeit bezieht. Zum Beispiel weiß ich noch genau, wie meine Mutti es zum ersten Mal zu mir sagte:

»Jan, mach mal bitte das Marmeladenglas auf.«

Schnapp –

»Danke schön.«

Ich war ganz stolz und wusste: Ab heute bist du ein Mann. Denn nur Männer können Marmeladengläser aufmachen. Dabei hat die Sache gar nicht allzu viel mit Körperkraft zu tun, wie man vielleicht irrtümlich denken könnte, sondern eher mit Technik. Eine Technik, die nur Männer beherrschen. Frauen, die einen nicht besonders lieb haben oder gerade wütend sind, versuchen manchmal, ein Marmeladenglas eigenhändig zu öffnen, scheitern aber meistens daran. Dann muss im wahrsten Sinne der Fachmann Hand anlegen und feststellen, dass der Deckel im Grunde nur ganz leicht draufsaß, die Frau aber wahrscheinlich mal wieder irgendwie den falschen Drehwinkel erwischt hat. (Ganz dumme Frauen drehen sogar manchmal in die falsche Richtung.) Ein Mann arbeitet hier klug nach dem Prinzip von Versuch und Irrtum: Wenn er sich in die eine Richtung das Handgelenk auskugelt, muss es folglich die andere sein.

Eines Nachmittags brachte die liebste Perle ein kleines Gerät vom Einkaufen mit nach Hause.

»Schau mal, Jan. Ist das nicht toll?«

Ich untersuchte die Apparatur. Es handelte sich um eine Art Klemmzange, mit der man den Deckel jedes beliebigen Marmeladenglases umgreifen und aufgrund der Hebelwirkung spielend leicht öffnen konnte. Und obwohl »Mann« das so macht, konnte es Frau jetzt auch.

»Super, was, Jan? Jetzt brauche ich mich nie mehr damit abzuquälen.«

Die liebste Perle verstand gar nicht, warum ich Tränen in den Augen hatte. War es bisher eine Qual für sie, wenn ich ihr einen Liebesdienst tat? Und noch dazu einen so uneigennützigen, allumfassenden? Einen, der über die Schranken des thumben Eros hinausgeht? Ich wandte ihr stumm den Rücken zu und zog mich in die Wälder zurück, um über das Problem zu meditieren.

»Das sind diese verdammten Erfinder, dessen Ziel es ist, die Menschen unnütz zu machen und sie ihrer natürlichsten Aufgaben zu berauben«, meditierte ich wütend. Genau: In der Steinzeit war das anders. Da zogen die Männer gemeinsam hinaus zum Jagen und präsentierten abends der Sippe stolz ihre erlegten Kadaver. Die ganze Höhle applaudierte in stehenden Ovationen, und die Männer fühlten sich als das, was sie von Natur aus sind:

unersetzbar. Ja, ohne sie würden die armen Mädels glatt verhungern, schon allein, weil sie die Marmeladengläser nicht aufkriegen. Und heute? Ich sehe ihn quasi vor mir, diesen milchgesichtigen, schmalen Hänfling, diesen Streber mit Hornbrille, diesen Typen, der den automatischen Glasaufmacher erfunden hat. So einen komplexbeladenen kleinen Wicht, dem es seine Mutti nie zutraute, ein Marmeladenglas aus eigener Kraft öffnen zu können, und der deshalb später nie eine Freundin bekam. Einen Menschen, der seelisch nicht in der Lage ist, allumfassend zu lieben. Leute, die die Welt zugrunde richten, sind immer solche Typen. Man denke dabei nur an Hitler. Oder auch die Modezaren: Meine liebste Perle besitzt allen Ernstes ein Abendkleid, das den Reißverschluss vorne hat. Das macht nicht nur den Mann völlig überflüssig, sondern sieht außerdem total bescheuert aus. Oder diese Bürsten zum Rückenschrubben: Der praktische lange Griff ermöglicht es, sich in der Badewanne problemlos selbst zu schrubben. Niemand braucht mehr einen nervenden Partner, der diese Aufgabe liebevoll für ihn übernimmt.

So schritt ich sinnend den Waldweg entlang. Zum Ende der Meditation beschloss ich, sie alle umzubringen. All diese ketzerischen Dinge und Gerätschaften, welche die liebste Perle statt meiner umgeben — diese albernen kleinen Apparate, die ihr mehr schlecht als recht den

Mann ersetzen sollen. Ich kam heim und sie war nicht zu Hause … Die Rachgier nutzte die Gunst der Stunde: Ich holte den Vorschlaghammer aus der Garage und räumte auf. Zuerst erschlug ich meinen größten Feind, den Glasaufmacher. Dann kam die Badebürste dran und, wo ich gerade dabei war, gleich auch die Zahnbürste.

»Na, toll«, schimpfte die liebste Perle, als ich nachher scheinheilig angab, die Sachen seien unerklärlicherweise verschollen. »Und wie soll ich mir jetzt die Zähne putzen?«

»Na, wie wohl?«, sagte ich. »Wie in der guten alten Steinzeit natürlich!«

»Hä?«

»Weißt du: Die Methode ist vielleicht in Vergessenheit geraten, aber dafür nicht minder wirkungsvoll.«

»Erklär das genauer.«

Ich umarmte die liebste Perle (*Agape:* allumfassend) und wischte ihre Beißerchen während eines gründlichen Zungenkusses blank (*Eros:* eklig).

Kichernd stieß sie mich weg.

»Also schön. Das hätten wir meinetwegen erledigt. Und jetzt mach mir das Marmeladenglas auf.«

»Aber Schatz. Nach dem Zähneputzen schnuckert man doch nicht.«

»Nun mach schon.«

Sie stellte fordernd ein brandneues Glas vor mich hin.

»Nnnngh …« Ich quälte mir einen ab. »Das sitzt aber ganz schön fest … puh …«

»Jaja …« Die liebste Perle schielte schmunzelnd zur Decke.

»Jaja – genau!«, rief ich. »Das sind wieder diese schmierigen Erfinder mit den Hornbrillen! Jetzt stecken sie schon mit den Gläserherstellern unter einer Decke!«

Pullover-Meditation

nach Benedix

Die liebste Perle saß auf dem Sessel im Wohnzimmer und starrte mit verkniffenem Gesichtsausdruck an die Wand.

»Was ist los mit dir, Schatz?«, fragte ich besorgt. »Du siehst nicht glücklich aus.«

»Es geht mir alles auf die Nerven«, knutterte sie. »Am liebsten möchte ich die Welt gar nicht mehr sehen.«

»Mmh ... Und wenn du dich einfach für eine Weile aufs Ohr legst?«

»Ich bin aber überhaupt nicht müde.«

»Sollen wir dann vielleicht zusammen spazieren gehen?«

»Bloß nicht. Dich kann ich nämlich auch nicht mehr sehen.«

»Ach so. Das verstehe ich, Liebes. Manchmal kann ich mich auch nicht mehr sehen. Soll ich weggehen?«

»Das sieht dir ähnlich. Einfach weggehen, wenn's dem anderen schlecht geht, was?«

Ihr Gesichtsausdruck wurde immer verkniffener.

»Warte mal, da weiß ich was …«

Die liebste Perle trug heute ihren cremefarbenen Wollpullover mit dem kuscheligen Rollkragen. Der war eigentlich so schön, dass er gar nicht zu ihrer Stimmung passen wollte, aber mir dennoch von Nutzen schien. Ich nahm also den Wollrollkragen und zog ihn der liebsten Perle über den Kopf (engl.: *pull-over*).

»Hey …«

»Du wirst sehen, Liebes. Gleich ist dir wohler.«

Ihre üppige Haarpracht musste noch unter den Kragen gestopft werden, und dann hatte die liebste Perle unter dem Pullover quasi ihre eigene kleine Welt für sich. Lauschig gedämpft drang das Licht durch den Stoff (im Gegensatz zur Finsternis bei geschlossenen Augen), und durch die groben Maschen war auch genug Atemluft vorhanden. So saß die liebste Perle eine Weile bewegungslos in ihrem Sessel, wie eine Blüte, die geschlossen in sich ruhend auf das Morgenlicht wartet.

»Wie fühlst du dich?«

»Es geht«, sprach die Blüte.

»Besser als eben?«

»Ja. Irgendwie geborgen, aber auch einsam.«

»Vielleicht solltest du mich dann wieder anschauen?«

»Nein. Noch nicht.«

»Lieber einsam sein?«

Sie erwiderte nichts. Ich nahm unseren Plüschkater Paul von der Sofalehne und stopfte ihn der liebsten Perle unter den Pullover.

»Ich hab doch gesagt, ich will alleine s... Ach, der ist es nur.«

Ein paar Minuten lang erlebte die liebste Perle die perfekte Waage aus Geselligkeit und Abgeschiedenheit, wie es gerade für sie angebracht war. Danach blätterte sich eine taufrische Perle in bester Laune aus ihrer Pullover-Blüte.

»Hei, Jan.«

»Hallo, Schatz. Da bist du ja wieder ...«

Sternschnuppen
und Weltfrieden

In einer kristallklaren Sommernacht saßen die liebste Perle und ich draußen auf dem Balkon und schauten in den Himmel.

»Wow, Jan, so klar wie heute sieht man die Sterne wirklich selten funkeln.«

»Ja, du hast recht …«

Ich war mit meinen Gedanken mal wieder ganz woanders, wie es leider oft ist in schönen Augenblicken. Unser altes Moped muckte nämlich mal wieder. Und während die liebste Perle von weiten Galaxien und Sternenschlössern träumte, hatte ich lauter Vergaserdichtungen im Kopf. Eines entging mir aber trotzdem nicht.

»Oh – guck mal!« Ich zeigte zum Horizont.

»Was denn?«

»Da war eine Sternschnuppe.«

»Wirklich? Dann musst du dir jetzt was wünschen, Jan. Los, sag es schnell – wenn man es nicht sofort sagt, wirkt es nicht.«

»Mmh … aber ich weiß nichts.«

»Ach, das gibt's nicht. Irgendwas wünscht sich doch jeder.«

»Es ist aber nun mal leider so, dass ich wunschlos glücklich bin, wenn du bei mir bist, Schatz.«

»Alter Süßholzkopf!«

Dann geschah es: Eine unglaublich lange, helle Sternschnuppe zog für Sekunden über das Himmelszelt. Hätte man ein Lineal an den Schweif gehalten, es wären mindestens vierzig Zentimeter gewesen (von unten aus der Ferne betrachtet).

»Woow, Schatz, hast du das gesehen?«

Die liebste Perle hatte das Phänomen noch gerade aus den Augenwinkeln mitgekriegt.

»Los, Jan, schnell! Wünsch dir was!«

»Äh …«

»Schnell!!«

»Ein neues Moped!«, stammelte ich. »Ich wünsche mir ein neues Moped!«

Die liebste Perle schüttelte kichernd den Kopf.

»Da wäre mir aber echt was Besseres eingefallen. Gesundheit oder ein Designerkleid von Guccilini.«

»Ist doch sowieso alles nur ein Spiel, Liebes.« Ich gähnte. »Komm, wir hauen uns in die Falle.«

Am nächsten Tag fuhren wir in die Stadt ins Möbelhaus, weil unsere gemeinsame Wohnung noch unschöne Lücken aufwies. Zur Feier des Tages verlosten sie dort einen Roller. Keines von diesen kleinen Hampelgeräten für Kinder, sondern richtig einen mit Motor. So ein rollendes Klosett eben. Die Leute drängten sich vor dem Stand, und einige füllten gleich mehrere Lose aus.

»Los, Jan. Eins wirfst du aber auch in den Kasten. Denk an gestern.«

»Wieso? Ach so. Aber das ist kein richtiges Moped, Liebes. Das ist ein – «

»Ist doch egal. Wer nicht wagt, der nicht gewinnt!«

Ich tat es. Und dann – am nächsten Tag, während der Leerung des Briefkastens – dachte ich, ich seh' nicht recht:

»Wir – wir haben den Roller gewonnen, Liebes!«

Die liebste Perle spuckte ihr Frühstücksmüsli aus.

»Was? Zeig her … Das gibt's doch nicht!«

Die allgemeine Freude verwandelte sich bald in ein leichtes Entsetzen.

»Das war die Sternschnuppe, Jan …«

»Ach was, Sternschnuppen gibt es andauernd. Das ist gar nichts Besonderes.«

»Aber nicht so eine Powerschnuppe wie vorgestern. Vielleicht ist an der Legende wirklich was dran. Wer weiß, Astrologie soll doch angeblich auch funktionieren – mein Mondkalender lügt jedenfalls nie.«

Ich kratzte mich beunruhigt am Kopf. Die liebste Perle schüttelte mich.

»Mensch, Jan, ein Moped … Den Weltfrieden hättest du dir wünschen können! Den Weltfrieden!«

»Ja – aber wer soll denn das ahnen?«

Ich versuchte, mir mein schlechtes Gewissen auszureden.

»Das muss ein Zufall sein … natürlich … außerdem ist es ja gar kein *richtiges* Moped …«

In der folgenden Nacht übernachtete die liebste Perle in der Gartenliege auf dem Balkon. Das bedeutet: Sie *übernachtete* dort, was nicht zu verwechseln ist mit Schlafen. Aus Solidarität kuschelte ich mich neben sie.

Leider störten diesmal ein paar kleinere Schönwetterwolken die Sicht auf das Firmament, aber die liebste Perle starrte unentwegt nach oben. Nichts tat sich …

Endlich, nach etlichen Stunden im Morgengrauen, ließ mich ihre Stimme aus dem Schlaf hochschrecken.

»Da! Schau! Meine Güte! Das war – also, das hättest du sehen müssen! Das war keine Sternschnuppe mehr – das war der Stern von Bethlehem im Sturzflug! Hurra!«

Die liebste Perle kniff angestrengt die Augen zu. »Ich wünsche mir …« Ihr Körper zitterte vor Erregung. »Ich wünsche mir …« Sie schien einen inneren Kampf auszufechten.

»… zehn Millionen Euro!«

»Schatz!«

»Und den Weltfrieden! Und den Weltfrieden!«

Ich fasste mir an den Kopf. »Vergiss es. Das zählt nicht. Es war nur *eine* Sternschnuppe.«

Die liebste Perle fing an zu schniefen.

»Das wird mir die Menschheit nie verzeihen. Diese Sternschnuppe war gewaltig, bestimmt kommt eine vergleichbare nie wieder. Ach, ich hasse mich selbst.«

»Warum hast du dir nicht wenigstens hundert Millionen gewünscht?«, nörgelte ich. »Oder gleich eine Billiarde? Damit hätte man den Weltfrieden womöglich erkaufen können. Und außerdem ganz viele Designerkleider von Guccilini.«

Am Horizont ging die Sonne auf. Deprimiert schlurfte die liebste Perle an den Frühstückstisch und machte sich Müsli.

»Schatz …« Ich druckste ein wenig, als ich vom Briefkasten kam. »Hier ist Post für dich … von der ostdeutschen Klassenlotterie.«

»Oh, neeein!« Sie fuhr erschrocken zusammen. Mit zitternder Hast wurde der Umschlag aufgerissen.

Sehr geehrte Frau ... blabla ... Möchten wir Ihnen mitteilen,
dass Ihr Jahreslos abgelaufen ist. Fordern Sie noch heute ein neues
an. Erhältlich bei allen Sparbänken und Volkskassen ...

»Werbung!«, rief die liebste Perle und strahlte über alles. »Es ist nur Werbung!« Sie ließ den Wisch in kleinen Fetzen über ihr Haupt schneien.

»Ich habe nicht gewonnen! Haha! Ich habe nicht gewonnen! Es ist alles nur Aberglaube ...«

Große Fragen
Auf dem Weg zur Erleuchtung

An einem schönen Samstagnachmittag saßen die liebste Perle und ich auf dem Balkon. Die Sonne schien warm auf uns nieder, und wir hatten nichts Wichtiges zu tun. Ich hing über dem Gartentisch wie ein fauler Schuljunge und malte, an nichts Bestimmtes denkend, mit einem abgekauten Bleistift abstrakte Muster auf den Papierblock. Die liebste Perle saß neben mir im Liegestuhl und schaute dösend in den Himmel. Ein paar Schönwetterwolken spiegelten sich im Glas ihrer azurblau getönten Sonnenbrille. Irgendwo in der Ferne brummte ein Rasenmäher, und hin und wieder ließ eine leichte Windbö die Blätter in den Bäumen rascheln. Ich malte eine Blume aufs Papier und daneben einen Notenschlüssel. Die liebste Perle kaute nachdenklich an ihren Haarspitzen.

»Weißt du, was ich mich manchmal frage?«, sagte sie. »Warum scheint überhaupt die Sonne? Ich meine — scheint sie wohl extra dafür, damit auf der Erde alles wächst und lebt, oder ist das nur ein zufälliger Nebeneffekt? Hat sich das Leben auf der Erde vielleicht im umgekehrten Sinn gesagt: Dort oben scheint eine Sonne, die will ich nutzen?«

»Tja ...«

Ich stützte mein Kinn auf die linke Hand und versuchte, den träumenden Ausdruck der liebsten Perle auf dem Papier festzuhalten. Sie fuhr fort:

»Weißt du, ich habe gelesen, dass die Sonne viel älter ist als das Leben auf der Erde. Aber wozu hat sie dann eigentlich all die Zeit geschienen, als noch keine Pflanze und kein Tier dadurch wachsen konnte? Und wozu strahlen weit entfernte Sterne ohne Planeten ihr ganzes Licht scheinbar nutzlos ins Weltall?«

Die liebste Perle drehte ihre Haarspitzen zu kleinen Kordeln zusammen. Ich krakelte die missglückte Zeichnung ihres träumenden Gesichtes mit dem Bleistift durch, und malte stattdessen aus ihrer Sonnenbrille ein Fahrrad.

»Ist das Universum ein unglaublicher Zufall, oder steckt ein großer Sinn hinter all dem?«

Bei »Fahrrad« fiel mir mein Radlerpils auf der Fensterbank ein. Ich hangelte mühsam nach der Flasche und fiel fast vom Stuhl, weil ich nicht extra aufstehen wollte, und als ich sie endlich hatte, waren leider nur noch ein paar Tropfen drin.

»Wenn es einen Sinn des Lebens gibt, warum ist er den Menschen dann nicht offenbar? Warum werden sie mit ihren Fragen allein gelassen wie eine ahnungslose, chaotische Schulklasse ohne Lehrer?«

Mit der leeren Bierflasche als Schablone konnte man prima Kreise aufs Papier malen. Ich probierte die olympischen Ringe.

»Ist es vielleicht gewollt, dass wir in Irrtümern suchen? Sind der Irrtum, die Fehler und das Chaos am Ende gar eine Art von Ordnung? Hat Gott uns absichtlich unvollkommen geschaffen, oder ist er womöglich selbst fehlbar? Und wenn es eine vollkommene Allmacht im Universum gibt, wie kann dann überhaupt etwas existieren, was sich nicht in deren Ordnung befindet?«

Der Bleistiftmine brach ab. Ich kramte mein Taschenmesser hervor.

»Wenn Fehler dazu da sind, damit wir aus ihnen lernen, was haben dann Fehler für einen Sinn, die ein unvorsichtiger Mensch nicht überlebt? Gibt es ein Leben nach dem Tod?«

Ich schnitzte mit der etwas zu stumpfen Messerklinge kleine Späne aus dem Holz und sagte:

»Weißt du, was ich mich schon seit langem frage? Wie kriegen sie die Miene eigentlich in die Bleistifte hinein? Haben sie dafür vielleicht einen langen, dünnen Bohrer oder so was, mit dem sie die Hölzchen der Länge nach aushöhlen?«

Die liebste Perle brummte. »Ich glaube, du hörst mir überhaupt nicht richtig zu, Jan.«

»Doch, natürlich. Ja, du hast recht, Liebes: Die Welt ist voller ungeklärter Fragen.«

Sie knibbelte an den Fingernägeln.

»Ob es wohl Menschen gibt, die die Antwort wissen? Ich meine: Es muss doch auf *jede* Frage eine Antwort geben, oder nicht? Wie viel gelassener und beruhigter könnte man leben, wäre man nur ein klein bisschen wissender? Wie viele Irrtümer könnte man sich sparen?«

»Also, wenn es am ehesten einer wissen könnte«, sagte ich, »dann vielleicht irgend so ein uralter Tibeter-Abt in einem verstecktem Kloster im Himalaja ... oder vielleicht der Pastor. Jemand anderes würde mir im Moment nicht einfallen.«

Noch am selben Abend machten wir einen kleinen Spaziergang am Waldrand, um unseren vernachlässigten Kreislauf ein wenig in Schwung zu bringen. Leider war unsere Lieblings-Knutschbank unter der alten Linde gerade besetzt. Der Pastor in seinem dunklen Anzug saß darauf und schrieb auf einem kleinen Notizblock. Neben der Bank saß seine zottelige Promenadenmischung. Die liebste Perle ärgerte sich. »Mist ...«

»Wieso denn, Schatz? Die Bank ist doch breit genug. Der Pastor ist ein kluger und sehr freundlicher Mann. Immer diese Scheu vor den anderen Leuten …«

»Mmh – im Grunde hast du recht, Jan.«

Wir setzten uns mutig neben den Geistlichen auf die Bank.

»Guten Abend, Herr Pastor.«

»Guten Abend.«

Er gab uns die Hand. Gemeinsam schauten wir auf die große Wiese mit den vielen Pusteblumen. Anstandshalber legte der Pastor den Notizblock und den Bleistift beiseite, mit denen er vermutlich seine Predigt für morgen bearbeitet hatte. Die liebste Perle suchte verlegen nach einem geeigneten Gesprächsthema.

»Was ich Sie einmal fragen möchte, Herr Pastor …«

»Ja?«

»Äh …« Sie wusste nicht recht, wo sie anfangen, und wie sie es formulieren sollte. Wahrscheinlich wüsste der Mann auch ohnehin keine wirkliche Antwort.

»Wissen Sie …«

»Ja? Bitte fragen Sie ruhig.«

Jetzt konnte die liebste Perle nicht mehr zurück. Verlegen schaute sie auf die Schreibutensilien des Pastors.

»Wie … wie kriegen die eigentlich diese dünne Miene in den Bleistift hinein? Wie machen die das bloß?«

»Ja, genau!«, warf ich ein. »Das frage ich mich auch schon lange.«

Der Pastor schmunzelte.

»Nun, da wenden Sie sich zufällig an den Richtigen, mit Verlaub. Mein Schwager arbeitet nämlich bei Frager-Castell.«

Er räusperte sich und hielt demonstrativ seinen Bleistift hoch.

»Sehen Sie, obwohl es so aussieht, ist dieses Hölzchen gar kein massives Stück. Es besteht in Wahrheit aus zwei einzelnen Hälften, in die man je eine schmale Rille fräst, die Mine hineinlegt und sie dann zusammenleimt. Das ist der ganze Trick.«

»Aah!« Mir fiel es wie Schuppen von den Augen. Wirklich, darauf wäre ich von alleine nie gekommen. So lernt der Mensch eben nie aus – er fragt, er grübelt und er forscht, jeden Tag erlangt er ein kleines bisschen mehr Weisheit und nähert sich auf diese Weise Stück für Stück der großen Erleuchtung.

Beiß mich

Am Dienstag fuhren die liebste Perle und ich in den All-wetterzoo. Trotz guten Wetters waren wir an diesem Werktag fast die Einzigen dort; von den Kameraden in den Käfigen natürlich abgesehen. An der Kasse hatte sich die liebste Perle ein interessantes Sachbuch gekauft. Es trug den Titel »Mensch und Tier«, und sie las daraus vor: »*Die am nächsten mit dem Menschen artverwandte Spezies ist der Schimpanse.*«

»Echt?« Ich lächelte. Aber nicht unbedingt wegen dieses Zitates, sondern eher so ganz allgemein. Was sollte ich auch sonst tun? Die Sonne schien, die liebste Perle war bei mir, ich dachte gerade an einen guten Witz und es befanden sich keine schlecht gelaunten Leute um uns herum, die andauerndes Lächeln misstrauisch mit Schwachsinnigkeit gleichsetzen. Auch die liebste Perle bemerkte mein Lächeln.

»Hast du eigentlich Angst vor mir, Jan?«, fragte sie schmunzelnd.

»Angst? Wie kommst du denn jetzt auf Angst, Liebes?«

»Hör zu: *Das Lächeln des Menschen*«, zitierte sie aus ihrem Buch, »*ist im Tierreich einzigartig. Sein Ursprung geht wahrscheinlich auf den Angstblick des Schimpansen zurück. Durch Verbreiterung des Maules signalisiert der Affe dem Gegner, dass er keinen Kampf sucht und sich ihm unterordnet.*«

Ich kratzte mich nachdenklich am Kopf. (Oder sollte ich sagen: *Ich lauste mich?*)

»Wenn ich lächle, bedeutet das Angst? Sag mal, hat der Autor des Buches zufällig 'ne Hornbrille auf?«

»Sag mal, woher weißt du das?«

»War nur so eine Ahnung. Gib lieber mir das Buch, Schatz. Wie ich sehe, macht es dir Angst.«

Auf der Bank vor dem Affenkäfig machten wir Rast und aßen unser Picknick, während ich das Buch las. In den Augenwinkeln bemerkte ich, wie die liebste Perle immer wieder ihr Haar zurückwarf und sich schnurrend durch den Nacken strich. Mädchen tun das sehr oft, aber am meisten, wenn sie sich wohlfühlen.

»Bist du in Kuschellaune, Schatz?«, fragte ich, ohne den Blick vom Buch abzuwenden. Zunächst tat die Angesprochene ein wenig künstlich verwundert, aber als sie näher an mich herankam, um ihre Banane mit mir zu teilen, wollte sie mein Ohr gleich mitessen.

»Also doch, wie?«

»Interessant«, schnurrte die liebste Perle. »Du bist bereits in der Lage, meine Gedanken zu lesen.«

»Stimmt gar nicht«, sagte ich, während sie an mir kaute. »Ich habe das in dem Buch gelesen.«

»Hihi. Was stand denn da? Drehen Sie sich bitte nach rechts, werter Leser – Ihre Partnerin will kuscheln?«

»So in etwa tatsächlich. Hör zu: *Wenn Frauen während des Flirts ihre Haare öfter als sonst zurückwerfen, so stammt dieses Verhalten aus dem Reich der Hunde und Wölfe. Durch bewusstes Freilegen der Halsschlagader soll dem Gegner signalisiert werden: Du bist der Stärkere, und ich ordne mich dir unter.*«

»Boh …« Prompt ließ die liebste Perle von mir ab und hatte keine Lust mehr zum Kuscheln. Eigentlich mochte sie es unheimlich gerne, wenn man ihr Küsschen auf Hals und Nacken gab, aber jetzt, wo sie wusste, dass dies in Wahrheit dem Zweck diente, ihr die Halsschlagader durchzubeißen, war diese Vorliebe arg in Gefahr.

»Ich finde das furchtbar«, sagte sie und mampfte ernüchtert an ihrer Banane. »Wir Menschen sind doch keine Tiere! Wie können die uns nur so herabsetzen?«

Einer der Schimpansen im Käfig kreischte laut vor Empörung.

»Jaja, ist gut«, sagte die liebste Perle und lachte. »Ich habe nichts gesagt.«

Der Affe sah, dass die liebste Perle Angst vor ihm hatte, und gab zufrieden Ruhe.

»Aber du hast völlig recht«, meinte ich. »Warum muss man Dinge wie Lächeln, Frohsein oder Kuscheln-Wollen herabsetzen auf Unterwerfen, Angsthaben und Halsdurchbeißen? Die Vögel zwitschern im Wald nur, weil sie ihr Revier abgrenzen wollen, wie? 'Hey, Alter', tiriliert die Nachtigall, 'tu einen Schritt auf mein Gebiet und ich picke dir die Augen aus.' Klar doch: Die ganze Natur besteht aus Gewalt und Konkurrenzkampf, und alles andere, wie etwa Lebensfreude oder Liebe, ist eine Illusion von sentimentalen Menschen. Der Affe grinste doch schon lange *vor* dem Menschen, nicht wahr, Schatz?«

»Ja. So steht es hier.«

»Gut. Aber wer will das dann eigentlich beobachtet haben? Meine Theorie ist eher: Die Affen *konnten* vorher gar nicht lächeln.«

»Erkläre das genauer.«

Ich nahm das Buch und ging mit der liebsten Perle näher an den Käfig. Neugierig schaute der Affe, was ich da Interessantes in der Hand hielt. Ich schlug das Buch auf und zeigte ihm das Autorenporträt mit der Hornbrille.

»Schau mal, Kleiner. Kennst du den?«

»Hihi.« Die liebste Perle lächelte. Der Affe machte es ihr nach.

»Tu das weg, Jan. Du machst ihm Angst.«

»Ein Irrtum, Liebes«, erklärte ich mit streng wissenschaftlicher Miene. »Es ist nämlich genau umgekehrt: Er hat es von uns *gelernt* ...«

Auf in die Ferne!

Das Fernsehen hat einen entscheidenden Nachteil: Es weckt ständig Fernsehnsüchte beim Zuschauer, ohne darauf zu achten, welche Möglichkeiten oder wie viel Geld der jeweils Süchtige hat.

»Ach, ich würde so gerne einmal nach Amerika fahren«, jammerte die liebste Perle, nachdem sie ein herrliches Reisemagazin diesbezüglich angeschaut hatte. »Vielleicht mal Kalifornien oder Florida. Ach, was nutzt einem die Jugend und aller Unternehmungsgeist, wenn man einfach kein Geld hat?«

Ich hörte es genau heraus: Dieser Vorwurf galt mir. Im Grunde dachte ich ja genauso. Da hat sich die liebste Perle nun also entschieden, mit mir ihr Leben zu verbringen, und nicht etwa mit einem Typ, der über ein Arztgehalt verfügt – und nun musste sie eben die Konsequenzen tragen. Nämlich, dass mit einem vom Wahnsinn Inspirierten nichts unmöglich ist. Bis spät in die Nacht hackte ich mich im Flimmerschein des Bildschirmes durchs Internet.

»Schaust du nach erschwinglichen Flügen, Jan?«

»So ähnlich. Geh ruhig schon mal ins Bett, Liebes.«

Beim Frühstück sagte ich völlig übernächtigt zur liebsten Perle:

»Gib Acht, Schatz: Wir werden nach Amerika reisen – und ohne einen einzigen Cent zu bezahlen.«

»Was? Wie soll das denn gehen?«

Die Antwort luden eine Woche später zwei Männer von einem Lastwagen.

»Wo sollen wir die Kühltruhe hinstellen?«

»Einfach hier in den Garten.«

Die liebste Perle kratzte sich verwundert am Kopf.

»Wieso bestellst du eine Kühltruhe? Und noch dazu so eine große? Wir brauchen doch gar keine.«

Grinsend rieb ich mir die Hände.

»Aber das sind die besten Kühltruhen der Welt, Liebes. Von der Firma Ice-Tec in Florida.«

»Florida?«

»Genau. Die Jungs dort sind so kulant und tragen die Versandkosten, weißt du? Außerdem gibt's volles Rückgaberecht. Der weltweite Konkurrenzdruck macht's möglich. Wahrscheinlich bin ich der Erste, der so ein Ding über den Atlantik kommen lässt, haha – obwohl es dasselbe Modell bei Schneckermann viel günstiger gibt.«

»Ja aber … wieso?«

»Na, die sind halt geschäftstüchtiger.«

»Nein, ich meine: Warum bestellst du so was?«

Ich entfernte die Verpackung, öffnete den Deckel und schaute mir das Gerät genauer an.

»Na, eigentlich hast du recht, Liebes. Irgendwie ist das Ding scheiße, oder nicht? Dieses triste Weiß passt auch gar nicht zur Blümchentapete im Keller. Ich glaube, das lassen wir wieder zurückgehen.«

»Was? Jetzt verstehe ich gar nichts mehr.«

Ich holte den Werkzeugkasten und begann umgehend, die Kühltruhe für die Überführung zu modifizieren. Das Material dafür hatte ich bereits vorbereitet. Der relativ geräumige Innenraum wurde mit zwei gemütlichen Sitzflächen ausgestattet und bekam eine eigens konstruierte Belüftungsanlage mit unauffälligem Schnorchel nach draußen. Dazu Trinkwasservorräte, genügend Bundeswehr-Hartkeks für eine Woche und ein kleines Trokkenklo. Licht haben Kühltruhen innen drin sowieso, und für Strom sorgte einer dieser neuartigen Kurbelakkus für Handys. Damit konnte zusätzlich auch ein kleiner Taschenfernseher mit Radio betrieben werden.

»Nein, Jan«, wehrte die liebste Perle ängstlich ab, »ich werde nicht in dieses Ding steigen. Da kriege ich Platzangst.«

»Ach, Schatz, denk doch mal an die sonnigen Strände und die all die Sehenswürdigkeiten. Und viel bequemer haben es die Fluggäste in der ersten Klasse im Grunde auch nicht.«

Nach einiger Überzeugungsarbeit saßen wir schließlich zusammen in unserem Reisecontainer vor dem Haus und warteten auf den Lastwagen. Keuchend stemmten uns die Arbeiter die Rampe hoch. Durch ein winziges, unauffälliges Periskop waren wir stets über das Geschehen draußen im Bilde. Eigentlich brauchte es das noch nicht einmal, erkannte man doch meistens an den jeweiligen Geräuschen und Erschütterungen den momentanen Aufenthaltsort. Nach ein paar Stunden Gebrumm wurden wir mit einem Gabelstapler in den Zug geladen. Nach der Tagesschau gab es draußen weitere Erschütterungen und ich warf einen Blick durchs Periskop.

»Hey, wir sind im Hamburger Hafen, Liebes. Jetzt wird es Zeit für Plan X!«

Während wir uns in schwindelnder Höhe auf einem Ladekran befanden, drückte ich aus einer Tube klebrige Flüssigkeit durch den Luftkanal nach draußen. Auf der Oberseite des Paketes breitete sich eine schmierige Lache aus.

»Bäh! Was ist denn das für eine Sauerei?«, hörten wir wenig später eine raubeinige Stimme. »Immer diese Schrottgeräte aus dem Ausland. Die Kiste stellt ihr ganz nach oben, Jungs, sonst klebt am Ende noch was zusammen, klar?«

Gegen drei Uhr nachts, wir guckten gerade die Wiederholung von »Das Traumschiff«, konnte ich unsere Truhe mit einem kleinen Ruck ungehindert öffnen und befand mich im riesigen Laderaum des Frachtschiffes. Nicht auszudenken, wenn man uns beim Stapeln nach unten gestellt hätte.

Die liebste Perle war den ewigen Bundeswehr-Zwieback leid, deshalb ging ich los, um aus der Kombüse ein paar Sachen zu stibitzen, und leerte bei der Gelegenheit auch das Trockenklo. Nach dem langen Sitzen tat es gut, sich mal wieder frei bewegen zu können. Die liebste Perle machte Turnübungen im Dämmerschein des Laderaumes, und ich schüttelte die Sitzkissen aus. Als wir ein Mitglied der Besatzung näher kommen hörten, verkrochen wir uns schnell wieder in die Kühltruhe. In Fernsehen fing sowieso gerade »Die Schatzinsel« an.

Schon nach ein paar Tagen lief das Schiff in Florida ein. Bevor unsere Truhe auf einen Truck geladen und zur Firma Ice-Tec gefahren wurde, stellte man uns in eine Lagerhalle am Hafen. Hier hatten wir genug Zeit, unsere Sachen zusammenzupacken und das Taxi zu verlassen. Mit geschnürtem Rucksack standen die liebste Perle und ich vor dem Tor im Freien.

»Siehst du? Da wären wir, Liebes. Florida!«

»Wow ...«

Das Wetter war toll, in der Ferne heulten Kojak-Sirenen, und – das war das Coolste von allem – man kam sich richtig vor wie im Fernsehen. Später, als wir zusammen cocktailschlürfend am Strand von Miami lagen und unsere geschundenen Knochen mit ausreichend Sonne von den Strapazen kurierten, sagte die liebste Perle:

»Du, wie kommen wir jetzt eigentlich wieder zurück?«

»Wie, du willst schon wieder zurück, Schatz?«

»Na ja, ich meine: nachdem wir quer durchs ganze Land getrampt sind und einen Haufen Abenteuer erlebt haben, natürlich.«

»Ach so.«

Ich schlug den Schneckermann-Katalog auf.

»Da! Das Ding sieht doch gemütlich aus. Was meinst du? Ich bestell uns einfach diese Kühltruhe aus Deutschland ...«

Bade-Tag

Eine Wissenschaft, die in unserer Gesellschaft trotz ihrer Wichtigkeit immer wieder belächelt wird und aus fadenscheinigen Gründen noch nicht einmal staatliche Subventionen erhält, ist die Wissenschaft vom Kuscheln. Prosaischer ausgedrückt: die Wissenschaft der gegenseitigen Berührung zwecks Wohlbefinden.

Kuscheln unter Liebespaaren wird nach landläufiger Meinung allgemein als das schönste Kuscheln empfunden. Es unterteilt sich aber in zwei Arten: in die blutdruck-senkende und in die blutdruck-erhöhende Berührung. Letztere findet vorwiegend in Körperregionen statt, welche in frei verkäuflichen Buchproduktionen nicht vorhanden sind. Deshalb wollen wir uns ganz auf die erstere, jedoch nicht minder wichtige Entspannungsberührung beschränken. Sie ist in nahezu jeder Situation bedenkenlos anzuwenden – sogar in der Badewanne, im Gegensatz zur blutdruck-erhöhenden Form. Darauf muss an dieser Stelle ausdrücklich hingewiesen werden. Denn was viele unaufgeklärte Paare nicht wissen: Indiskrete Berührungen während eines heißen Vollbades sind nicht nur auf lange Sicht unangenehm, sondern sogar gesundheitsschädlich. Der Körper kann sich im schlimmsten Fall bis zum Herzinfarkt erhitzen. Also: Nicht vorhandene Körperteile gehören nicht in die Badewanne. Das

Leben kommt zwar nachweislich aus dem Wasser, aber nicht umsonst pflanzen sich die dortigen Bewohner in den wenigsten Fällen bei gegenseitiger Berührung fort.

»Sag mal, Jan, seit wann schreibst du denn wissenschaftliche Abhandlungen?«, fragte die liebste Perle verwundert, als sie mir gegenüber in der Badewanne saß und einen Blick auf den Bildschirm warf. »Und warum kannst du damit nicht warten, bis wir draußen sind?«

»Das ist der unmittelbare Eindruck, Liebes«, erklärte ich. »Erlebt – geschrieben. Im Fernsehen würde man sagen: Live-Atmosphäre.«

Mein tragbarer Computer stand vor mir auf einem quergelegten Brett über dem Wannenrand. Diesen Tipp hatte ich einem Frauenmagazin der liebsten Perle entnommen. Statt Computern schlug man dort zwar Weingläser und Lachsschnittchen vor, aber nun ja – Frauen. Wirklich: In Männermagazinen hätte man den Tipp mit Sicherheit vergeblich gesucht. (Nicht etwa, weil Männer nicht romantisch sind, sondern deshalb, weil es um Baden geht.)

»Hör mal, ist das nicht gefährlich?«, fragte die liebste Perle. »Wenn das Ding nun ins Wasser fällt ...«

»Da kann überhaupt nichts passieren«, beruhigte ich sie. »Der Apparat funktioniert mit zwölf Volt Niederspannung. Das fördert kein Ableben, sondern bestenfalls ein prickelndes Erlebnis.«

Ich fuhr im Text fort:

Die gegenseitige Körperreinigung erfolgt bei einem Partnerbad nach dem allgemein bekannten klassischen Prinzip des Händewaschens. Die beiden Partner fungieren ganzkörperlich jeweils als linke und rechte Hand, wenn sie sich gegenseitig umschmeicheln. Im hygienisch äußerst wichtigen Bereich des Gesichtes kann ein Bart – im Regelfall am männlichen Teil zu suchen – wie ein effektiver Bürstenmechanismus wirken. Dabei sind vorsichtshalber genussvoll die Augen zu schließen, denn manche Seifenarten können brennen.

»Wie gut, dass wir dieses milde Rosenzeug in der Drogerie gefunden haben, was, Jan?«

»Richtig.«

Ein wenig umständlich versuchte ich, mit der liebsten Perle auf dem Schoß, die Tastatur des Laptops zu erreichen.

»Geh mal mit dem Kopf ein Stück zur Seite, Schatz.«

Ich schaute ihr über die linke Schulter, und wir gingen automatisch von der Gesichtsreinigung zu den Ohrwascheln über. *Ein Geräusch wie tosender Seewind auf dem weiten Ozean –*

»Ist das nicht zu poetisch, Jan? Es soll doch ein sachlicher Text werden.«

»Du hast recht, Liebes …«

In einer Waschmaschine reiben sich die Kleidungsstücke eng
aneinander, und werden auf diese Weise sauber. Je mehr Teile es
sind, desto größer ist der wichtige Reibungseffekt. Genauso funktio-
niert Haarewaschen. Das Ergebnis wird erheblich verbessert, wenn
der Partner mit den längeren Haaren (im Regelfall der weibliche)
seinen Schopf bei enger Umarmung über den Kopf des anderen legt
und dann – gemeinsam oder abwechselnd – mit den Händen die
bekannte Wuschel-Bewegung ausgeführt wird.

»Bist du sicher, dass die Spritzer dem Gerät nicht schaden, Jan?«

»Ach was, das muss das ab können. Ich brauche hier Arbeitsgeräte und keine empfindlichen Apothekerinstrumente. Der Computer gehört in den Gebrauch und nicht in die Glasvitrine.«

»Hihi. So wie deine alte Olympia-Schreibmaschine im Wohnzimmerschrank?«

Sie hörte mit dem Haarewuscheln auf, und ich übernahm.

»Da bringst du mich auf eine Idee, Schatz. Mit der könnte ich sogar noch unter der Dusche Geschichten schreiben. Tja, da kannst du mal sehen, was die Technik von früher wert ist. Bei *Wetten dass* hat mal jemand unter Wasser ein Gedicht getippt …«

Nach dem Abbrausen trockneten wir uns gegenseitig ab und schlüpften in unsere kuscheligen Flausche-

Wausche-Bademäntel. Die liebste Perle hatte einen in Zartrosé, während meiner dezent himmelblau war.

Weil nichts Schönes im Fernsehen lief, beschlossen wir, ausnahmsweise früh in die Falle zu gehen. Dort unternahm die liebste Perle wiederholt emsige Anstrengungen, die Seriosität des Buches zu gefährden.

»He, lass das. Ich schreib noch mit.«

»Na und? Tu dir keinen Zwang an.«

»Ach, lieber nicht, Schatz. Wie sieht denn das aus? Einer, der im Bett 'ne Schreibmaschine benutzt ...«

Der Teufel ist blau

Ich dachte schon, die liebste Perle sei in einen Jungbrunnen gefallen, als eines Nachmittags ein kleines Mädchen von etwa drei Jahren auf unserem Flur stand und mich aus großen Kulleraugen anschaute.

»Hallo. Hast du dich verlaufen?«

»Haha, nein! Das ist Valeska, meine Nichte«, erklärte die liebste Perle, die nun dazukam. »Ihre Mama und ihr Papa sind beim Schützenfest – nicht wahr, Valeska?«

Die Kleine nickte stumm.

»Und nun?«, fragte ich ein wenig ratlos.

»Na, wir passen solange auf sie auf«, sagte die liebste Perle und führte die Kleine ins Wohnzimmer. »Guck mal, der Onkel Jan erzählt dir eine schöne Geschichte, während ich uns was Leckeres zu essen mache. Magst du Nudeln?«

Valeska nickte abermals stumm. Dann setzte sie sich brav aufs Sofa und schaute neugierig im Raum umher.

»Tja, Valeska«, meinte ich und kramte im Bücherregal. »Was möchtest du denn gerne für eine Geschichte hören?«

Die Kleine sah mich ratlos an. (Und natürlich stumm.)

»*Die Blechtrommel* vielleicht? Mmh, das klingt doch eigentlich sehr kindgerecht.«

Ich hielt ihr den Einband hin. Valeska schüttelte den Kopf.

»Nein? Na, du wirst bestimmt mal eine Literaturkritikerin, haha.«

Ich ging wieder ans Regal, und die Kleine zeigte plötzlich auf unsere Schallplattensammlung.

»Haha, auch wenn's so aussieht, Valeska, das sind keine Bilderbücher. Da ist Musik drin.«

Zur Veranschaulichung zeigte ich ihr ein uraltes Cover. Die Kleine bekam sofort leuchtende Augen und sprach endlich die ersten Worte, seit sie bei uns war:

»Schlümpfe!«

Erschrocken drehte ich das Cover um. Puh, ich hätte mich ohrfeigen können. Tausend Platten im Regal – und ich greife ausgerechnet *diejenige* heraus. Jenes schreckliche Suchtlied, das schon Generationen von Kindern verrückt gemacht hat, einschließlich mich.

»Schlümpfe!«, wiederholte Valeska energisch.

»Na schön ...«

Sagt mal, wo kommt ihr denn her?

Aus Schlumpfhausen, bitte sehr ...

Spätestens jetzt weiß jeder Bescheid! Jetzt hat ihn jeder im Ohr, den markanten Gassenhauer kleinkindlicher Erinnerungen. Dieses zeitlose Erfolgswerk, das allein schon von Text und Anspruch her sämtliche Schlager seiner Zeit weit hinter sich lässt.

La-la-lalalalalala -la -la, la-la-lala ...

Niemand weiß, warum, aber diese Klänge sind Magie in den Ohren von Kindern. Das Lied musste gleich dreimal abgespielt werden, und Valeska rief immer noch: »Nochmal!«

Ich kratzte mich unschlüssig am Kopf.

»Weißt du, Valeskalein, da sind in Wahrheit gar keine richtigen Schlümpfe auf der Platte drauf, sondern nur langweilige Erwachsene, deren Stimme man künstlich modifiziert hat.«

»Schlümpfe!«

»Ja, eben *nicht!* Verstehst du?«

»Jan!«, rief die liebste Perle aus der Küche. »Du kannst doch dem Kind nicht seine ganze Fantasie kaputtmachen. Los, spiel das Lied noch einmal ab.«

Valeska hörte den Song an diesem Nachmittag noch insgesamt etwa zweihundertsiebenundsiebzig Mal hintereinander (reiner Schätzwert), bis ihre Eltern sie gegen Abend endlich abholten.

»Mann, jetzt kann ich dem Plattenspieler aber 'ne neue Nadel einsetzen«, leierte ich mit schwirrendem Kopf. »Und mir einen neuen Verstand dazu. Ich glaube, ich gehe heute eher ins Bett, Schatz.«

Die liebste Perle grinste. »Etwa *mit Mütze* ins Bett?«

»Ja, sonst bin ich nicht komplett …«

Schützenfeste dauern in der Regel mehrere Tage, und so stand die kleine Valeska am nächsten Nachmittag wieder bei uns auf der Matte. Heute war die Kleine schon viel weniger schüchtern und begrüßte mich freudestrahlend mit den Worten: »Schlümpfe!«

»Ach, nein …«

»Schlümpfe!!«

»Jetzt tu ihr doch den Gefallen, Jan.«

»Na schön …«

Resigniert kramte ich im Plattenregal, und eine gewisse Beunruhigung machte sich breit.

»Hier war sie doch gestern noch …«

Gedämpft, damit es Valeska nicht hörte, raunte die liebste Perle: »Findest du sie etwa nicht wieder?«

»Nein …«

»Schlümpfe!«, rief Valeska fordernd.

Schwitzend suchte ich alle Winkel und Ecken der Wohnung ab.

»Wer weiß, Schatz. Vielleicht habe ich die Platte ja heute Nacht beim Schlafwandeln durch den Gartenhäcksler gejagt – das Unterbewusstsein lässt sich bekanntlich nicht durch Vernunft steuern.«

Eine Katastrophe bahnte sich an. Valeskas kleine Pausbacken wurde knallrot und sie begann herzzerreißend zu schluchzen. Schnell eilte die liebste Perle herbei, um sie zu trösten.

»Die Schlümpfe müssen heute ins Bergwerk gehen und arbeiten, weißt du? Aber dafür haben ihre Kollegen frei, die … äh …sieben Mainzelmännchen. Los, Jan, leg irgendeine andere Kinderplatte auf. Mach schon.«

Ich nahm die Single mit der Aufwach-Marschmusik von heute morgen vom Teller und legte eine Rübezahl-Platte auf.

Es war einmal vor langer Zeit im Riesengebirge …

Valeska hörte sofort mit Schluchzen auf.

»Da! Schlümpfe!«

In der Tat schienen sich die blauen Gesellen tatsächlich in die Berge begeben zu haben, um dort zusammen mit Rübezahl ihr Unwesen zu treiben. Genauso hörte sich die Stimme des Erzählers nämlich an: schrill und schlumpfig wie ein Hörsaal von Chemiestudenten nach einer Heliumexplosion. Ich hatte vergessen, die Geschwindigkeit des Plattenspielers von fünfundvierzig

Umdrehungen für Singles auf dreiunddreißig für Lang-spielplatten herunterzuschalten. Valeska war mit dem Ergebnis vollauf zufrieden. Wenn ich das eher geahnt hätte ...

»Schau mal«, sagte ich lächelnd zu ihr, als die Rübe-zahl-Schlümpfe Feierabend hatten, und hielt ihr eine Beatles-Platte hin. »Kennst du die großen Schlümpfe schon?«

Ein wenig misstrauisch begutachtete die Kleine die haarigen Burschen. »Mainzelmännchen?«

»Haha, jetzt weißt du auch, wozu die in Wirklichkeit ihre Mützen brauchen. Die haben Angst vorm Friseur.«

Yesterday, sang ein hörbar kleiner Schlumpf, der ver-mutlich auf eine Stehleiter oder einen Stapel Bücher ge-klettert war, damit er besser ans Mikrofon kam. Besser hätte es der Original-Schlumpf-Song jedenfalls auch nicht hingekriegt.

Die nächste Schlumpfplatte suchte sich Valeska sel-ber aus dem Regal.

»Oh, die Cowboy-Schlümpfe«, sagte ich. »Fein!«

I was bo-oorn, under a wandering star ...

Danach gab's passend dazu die Don-Kosaken-Schlümpfe auf dem Wolga-Schlepper und dann zu einem schwungvoll-hysterischen Intermezzo die Mozart-Schlümpfe mit kleinen, extrem schrillen Zauberflöten.

Eine Schallplatte macht's eben möglich. Valeska war hellauf begeistert und klatschte sogar mit. Ja, davon können wir Erwachsenen lernen: Die Kleinen brauchen manchmal so wenig, um sich freuen zu können. Das fand auch der Hippie-Schlumpf auf der nächsten Platte und sang auf seinem Motorrad: *Born to be child* ...

Tja, der Beat macht's halt aus. Da konnte uns auch der nächste Schlumpf nicht schocken, der – ich sah die Szene geradezu plastisch vor mir – in zerrissener Lederjacke und mit tiefschwarzer Sonnenbrille die Bühne betrat. Dann brüllte er aus voller Kehle: *I am the god of hell fire!*

Wahrscheinlich hatte er die Nase allmählich voll und wollte Valeska nun ordentlich Angst machen, damit er endlich wieder in die ruhige Plattenkiste zurück kam, aber die Kleine konnte ja zum Glück noch kein Englisch. Aber selbst wenn sie's verstanden hätte – ein Kind, das über Schlümpfe lachen kann, während die Erwachsenen wahnsinnig werden, dem kann der Teufel sowieso nichts tun.

Der Rosenkrieg

Im Rahmen der Genfer Konvention

Die liebste Perle und ich saßen etwas gelangweilt auf dem Sofa und schauten aus dem Fenster. Ich hatte die Arme im Nacken gekreuzt, und sie knibbelte an ihren Fingernägeln.

»Du, sollten wir uns nicht mal wieder streiten?«

»Wieso?«

»Das macht man doch so. Ich habe mal gehört, Paare, die sich nie streiten, sind einander gleichgültig.«

»Echt? Das war bestimmt wieder so 'ne oberschlaue Frauenzeitschrift, stimmt's? Na ja, entbehrt nicht einer gewissen Weisheit.«

Die liebste Perle drehte nachdenklich ihre Haare zu kleinen Kordeln.

»Worüber könnten wir denn mal streiten?«

»Ach, ich habe ehrlich gesagt gar keine Lust dazu, Liebes. Streiten ist immer so stressig. Man fühlt sich furchtbar elend und frustriert dabei.«

»Da hast du zwar recht, Jan, das finde ich ja auch; aber vielleicht ist Streiten wie Kloputzen oder zum Zahnarzt gehen – es muss von Zeit zu Zeit eben sein.«

»Mmh, wann haben wir uns denn das letzte Mal gestritten, Schatz?«

»Das war, glaube ich, letzten Donnerstag.«

»Und um was ging's da noch mal?«

»Du hattest wieder nicht daran gedacht, dich auf der Toilette hinzusetzen.«

»Mmpf. Das finde ich jetzt aber nicht schön von dir, da andauernd draufrumzuhacken, Schatz.«

»Warum? Du sollst das schließlich endlich mal lernen.«

»Pah. Es ist doch wohl meine Sache, wie ich – «

»Ist es nicht. Wir benutzen schließlich dieselbe Toilette!«

»Na und? Aber doch nicht gleichzeitig.«

»Red keinen Stuss, Jan. Du weißt genau, wie ich das meine: Der Heizkörper ist schon am Wegrosten von den vielen kleinen Spritzern.«

»Ach, da gibt's doch überhaupt keine Spritzer. Das ist pure Einbildung von Leuten mit Sauberkeitsfimmel. Mal abgesehen davon kann ich gar nicht im Sitzen. Es funktioniert nicht. Irgendetwas wehrt sich im Körper. Vielleicht ahne ich im Unterbewusstsein meine Kollegen hinter mir, wie sie sich vor Lachen auf dem Boden wälzen.«

»So ein Quatsch. Die Wahrheit ist doch einfach, dass du mir zuliebe nicht mal diese kleine Regel einhalten kannst, Jan. Immer treudoof tun, aber sich überhaupt nicht anstrengen wollen. Nennst du das Liebe?«

Ich lachte spöttisch. »Weißt du, was Liebe wäre? Wenn *du* dich hinstellen würdest.«

»Na, so was Beklopptes ist mir ja wohl noch nicht untergekommen. Ich wette, solche hirnlosen Witze reißt du andauernd, wenn ich nicht dabei bin, was? Bin ich eigentlich deine liebste Perle oder deine Witzfigur? Weißt du, was ich glaube? Du liebst mich überhaupt nicht …«

»Pah!«

Brummig rückte jeder von uns in seine Ecke des Sofas und wir schwiegen uns minutenlang an.

»Na, immerhin sind wir uns einander nicht gleichgültig, Schatz, was?«

Sie schmunzelte mühsam.

»Scheint so.«

»Aber ich finde, es sollte zumindest gewisse Regeln geben beim Streiten. Eine Art Genfer Konvention.«

»Wie kommst du jetzt darauf?«

»Na, um unnötige Grausamkeiten zu vermeiden, die einer Beziehung mehr schaden als nützen. Zum Beispiel fand ich es vorhin nicht okay, dass du gesagt hast, ich würde dich nicht lieben.«

»Pah. Du hast es ja vorher selber gesagt.«

»Hab ich nicht.«

»Aber durch Taten bewiesen hast du es! Das ist viel schlimmer!«

Der Ton der liebsten Perle wurde schrill.

»Siehst du, Liebes? Spätestens jetzt müsste der Streit vom Schiedsrichter getrennt werden.«

»Ich seh hier keinen Schiedsrichter.«

»Täusch dich nicht. Der liebe Gott sieht alles.«

»Vielleicht. Aber er trennt nicht alles.«

»Nee, der fügt nur zusammen, was der Mensch nicht trennen soll … Also brauchen wir Regeln, verstehst du?«

Zusammen setzten die liebste Perle und ich uns an den runden Küchentisch. Ich schrieb auf ein großes Blatt Papier:

Konvention zum Streit zwischen der liebsten Perle und Jan:

§ 1: Die Würde des Partners ist unantastbar. Jede Äußerung und Handlung, die diese Würde verletzt, muss von vornherein unterlassen werden.

§ 2: Der Streit darf nur rein verbal ausgefochten werden. Jede physische Gewalt, der Gebrauch von Hieb, Stich- oder Feuerwaffen sowie das Schleudern von Gegenständen, gleich welcher Art, ist – «

»Findest du das nicht ein bisschen übertrieben, Jan?«

»Schreib ich nur der Vollständigkeit halber, Schatz.«

§ 3: Die verbale Auseinandersetzung darf einen Schallpegel von 100 Dezibel, (in etwa der Brüllfaktor beim Verbrühen an einer Herdplatte) nicht überschreiten.

§ 4: Es dürfen keine Wörter verwendet werden, die in Bezug auf § 1 die Würde des Partners über ein menschlich vertretbares Maß hinaus verletzen.

§ 5: Die Liebe des anderen darf nicht in Zweifel gezogen werden.

»Das hört sich ja alles schön und gut an, Jan. Aber was machen wir, wenn jemand die Konvention nicht einhält?«

»Das ist eine berechtigte Frage, Schatz. Was machen denn Staaten untereinander, wenn jemand die Konventionen nicht einhält?«

»Tja, ich würde sagen: sie klagen den Nicht-Einhalter vor den Vereinten Nationen an.«

»Toll. Und wer ist das in unserem Falle? Die Schwiegereltern?«

»Na, die UNO ist doch auch nur ein zahnloser Tiger. Mal angenommen – nur mal als Extrembeispiel –, die USA würden die Konventionen brechen. Dann würde zum Beispiel meinetwegen … äh, nenn mal irgendeinen Zwergenstaat, Jan …«

»Holland.«

»Genau. Holland sagt: Ey …«

»Jaja, ich verstehe, was du meinst, Schatz. Aber vielleicht könnten sie in diesem Fall den USA mit Sanktionen drohen.«

Die liebste Perle schmunzelte lahm. »Na klar. Ein Handelsembargo für Schnittblumen, was? Das wird sie garantiert in die Knie zwingen.«

»Warum nicht? Kommt ganz auf den Zeitpunkt an. So kurz vor dem Valentinstag … Boh, stell dir mal vor, es würde ein Blumenfrachter torpediert! Das muss ja ein irres Schauspiel sein. Auftauchen, Luke öffnen und im Blütenregen stehen. Blumen auf dem Wasser, Blumen in der Luft … Yeah! It's raining flowers! I'm a natures child!«

»Ich glaube, wir kommen vom Thema ab, Jan. Man kann doch Schnittblumen sowieso nicht über den Atlantik verschiffen. Bis die ankommen …«

»Nun, ich würde vielleicht versuchen, sie einzufrieren.«

Die liebste Perle lachte. »Was? Das wäre ja lebensgefährlich! Da könnte man Margeriten glatt als Wurfsterne benutzen. Und Sonnenblumen erst!«

»Na ja, wir müssen das ja auch nicht machen. Ich glaube, die Einhaltung so einer Konvention kann ohnehin nicht garantiert werden. Die sind eher so was wie die

Richtgeschwindigkeit auf Autobahnen, oder die Zehn Gebote vom lieben Gott. Genau! Das ist es: Weil er der *liebe* Gott ist, spricht er keine Verbote aus, sondern nur *Ge*-bote. Und wer in den siebten Himmel kommen will, muss halt aus freien Stücken darauf achten.«

»Genau, Jan. So machen wir's!«

»Schön. Dann hätten wir das also erledigt.«

Ich stand auf und schlurfte Richtung Flur.

»Moment, Bürschchen. Wo willst du hin?«

»Nur aufs Klo.«

»Ha! Wehe, wenn du … äh …« Die liebste Perle nahm sich noch mal den Konventionstext vor. »… wenn du dich nicht dabei hinsetzt, du Ferkel! Dann kriegst du für heute keine Küsschen mehr.«

»Von wegen. Ich lasse mich doch nicht erpressen von dir, du … äh … Meckerliese mit Sauberkeitsfimmel.«

(»Meckerliese« ist im Gegensatz zu »Meckerziege« durchaus erlaubt, weil es die Menschlichkeit des Partners nicht antastet. Eine Ausnahme bildet nur »Ferkel«, weil Ferkel niedlich sind.)

»Wie wäre es mit einem Kompromiss, Schatz? Ich *knie* mich einfach vors Klo.«

»Fang nicht wieder mit diesem Stuss an.«

»Wieso bezeichnest du meine konstruktiven Vorschläge immer als Stuss?«

»Weil ich eine bessere Idee habe: Wir kaufen uns einfach so ein Dings, du weißt schon, was auf den Herrentoiletten da immer an der Wand hängt. So ein Bidet.«

»Getrennte Klos? Wie unromantisch!«

»Blödsinn. Auch Liebende brauchen ihre individuelle Freiheit. Im Großen sind wir uns doch wieder einig. Für alles andere kriegt jeder ab heute sein eigenes Klo, und macht es auch selber sauber.«

»In Ordnung.«

Die liebste Perle und ich reichten uns die Hand. Keiner von uns war beleidigt, keiner war wütend, und mit nüchternem Kopf war die Lösung im Handumdrehen gefunden.

Zeit zum Ausruhen auf dem Sofa.

»So. Jetzt haben wir uns also gestritten, Schatz.«

»Na endlich. Schön, das wir's hinter uns haben.«

– *Schmatz* –

Flasche zum Kuscheln

Eines Tages war es Herbst geworden. Die liebste Perle und ich tollten nicht mehr auf den Wiesen und in den Wäldern, sondern lagen bis Mittag im Bett, weil wir uns ein wenig erkältet fühlten. Meistens sind wir tatsächlich gemeinsam erkältet. Das hat durchaus romantische Gründe, aber nur bei Viruserkrankungen, die durch Kuscheln übertragen werden, und bei denen auch Gummis auf der Nase nicht vor Ansteckung schützen. Niesend lag die liebste Perle neben mir in den Kissen.

»Ich friere so, Jan.«

Ich zog die warme Decke noch ein Stück weiter über sie.

»Warum machst du im Keller nicht den Ölbrenner an, damit die Heizung funktioniert?«

»Weil der Araber das nicht will. Nur gegen Lösegeld.«

»Araber? Ich dachte, dein Vater kommt aus Schlesien?«

»Eben. Diese Ausländer stecken alle unter einer Decke. Sie sagen, wir sollen uns Pullover anziehen.«

»Ich hab aber schon drei übereinander an.«

»Mmh … Wir könnten uns ja 'ne Wärmflasche machen. Kennst du so was, Liebes?«

»Wärmflaschen? Nur ganz dunkel aus der Kindheit.«

»Oh, dann wird's aber Zeit, dass ich dich über die zweitschönste Sache im Bett aufkläre, Schatz.«

Ich kramte meine alte Wärmflasche aus dem Badezimmerschrank und wir wankten gemeinsam in die Küche. Mit mehreren Lagen Pullover werden die Bewegungsabläufe etwas zähfließend.

»Pass auf, Schatz. Wärmflaschen machen ist eine Kunst für sich. Das Wasser sollte zum Beispiel nicht zu heiß und nicht zu kalt sein.«

Ich füllte den Wasserkocher bis zur 900-ml-Marke.

»Nicht zu viel hineinfüllen – das ist ebenfalls wichtig. Sonst kugelt sich die Flasche unnötig und schmiegt sich nicht mehr optimal an.«

Aufmerksam schaute die liebste Perle zu, wie ich den Kocher bei exakt 80 Grad Celsius abschaltete. (Er verfügte über ein Spezialthermometer zum Marmeladeeinmachen.)

»Du scheinst wirklich ein Experte zu sein.«

»Natürlich. Das ist schließlich nicht die erste Ölkrise, die ich durchmache.«

Wieder im Bett, wühlte ich die Decken zurecht und legte die Flasche neben mich.

»Und ich kriege keine Wärmflasche?«

»Doch. Wärmflaschen sind sogar extra dafür ausgelegt, von zwei Leuten gleichzeitig benutzt zu werden. Wie stark frierst du denn, Liebes?«

»Doll.«

»Na, das musst du schon genauer ausdrücken. Frierst du mehr als ich?«

»Wie soll ich das wissen? Wie doll frierst du denn?«

»Auch doll.«

»Aber nicht so doll wie ich.«

»Gut. Dann bekommst du eben die warme glatte Seite und ich die etwas kühlere, geriffelte.«

»Gibt's auch Wärmflaschen mit Gleichberechtigung?«

»Keine Ahnung. Diese hier ist jedenfalls ein Modell für Galanterie.«

Wir rückten nah zusammen und spürten wohlige Wärme an den Hüften.

»Mmh«, sagte die liebste Perle. »Jetzt ist meine Hüfte fast unerträglich heiß, aber der Rest friert noch.«

»Dann leg sie doch mal an den Po. Ich glaube, wenn man sie an Po legt, wird automatisch der ganze Körper warm. Habe ich durch langjährige Versuche jedenfalls herausgefunden.«

Wir drehten einander die Rücken zu. Nach einer Weile meinte die liebste Perle: »Kann ich nicht finden.

Du solltest vielleicht nicht so sehr von dir auf andere schließen, Jan.«

Sie drehte sich auf die andere Seite. »Also, am Bauch ist Klasse.«

»Echt? Am Bauch könnte ich's überhaupt nicht haben.«

»Tja, vielleicht verlaufen deine Energiemeridiane anders? Ist doch auch völlig schnuppe. Hauptsache, jetzt friert keiner mehr.«

Nach einer Weile wohlig warmen Dösens meinte die liebste Perle: »Was meinst du? Wird eine Wärmflasche wohl schneller kalt, wenn zwei damit kuscheln?«

»Das ist eine interessante Frage, Schatz. Das habe ich bisher noch gar nicht erforscht.«

Wir schliefen zu diesem Zwecke noch bis etwa drei Uhr, und als wir aufwachten, fühlte ich mich schon fast wieder gesund. Nur die liebste Perle noch nicht.

»Los, Schatz. Wir gehen draußen ein bisschen spazieren. Wenn man kein Fieber hat, dann tut Bewegung bei Erkältung gut.«

»Ich frier aber so.«

»Immer noch? Dann nimm doch die Wärmflasche einfach mit raus.«

»Was sollen denn die Leute denken?«

»Du immer mit deinen Leuten. Die sehen das doch gar nicht. Du musst sie unter den Pullover frummeln.«

Die liebste Perle stand auf und probierte es. »Das klappt nicht. Sie rutscht immer in die Hose.«

»Warte, dagegen habe ich einen Trick!«

Ich holte den Nierengurt vom Mopedfahren und legte ihn der liebsten Perle um.

»So, und nach hinten musst du nun die Wärmflasche dazwischen tun. Ach so, du magst es ja lieber am Bauch.«

»Genau.«

Die liebste Perle füllte sich noch einmal schön heißes Wasser hinein und zog ihre dicke Jacke über den Pullover. So gerüstet, begaben wir uns hinaus ins Herbstliche.

»Du hast wirklich tolle Ideen, Jan«, freute sie sich. »Ich fühl mich richtig rundum wohl.«

»Ja – und *ich* friere«, lachte ich. »Wir werden wohl doch nicht drumherumkommen, uns eine zweite Wärmflasche zu kaufen, was?«

Die liebste Perle kicherte.

»Bis dahin kannst du mich ja Huckepack tragen. Dann hat wieder jeder die Wärme dort, wo er sie am liebsten hat – wie in den Kuschelkissen.«

»Das ist ein toller Einfall!«, rief ich. »Soll ich wirklich machen?«

»Hihi. Ach, lass lieber.«

»Na, ist doch immer noch besser, als wenn wir beide am Bauch frieren würden, was, Schatz? Huckepack mal andersrum? Sehr romantisch. Ach ja, immer muss man auf das dumme Gegucke der Leute Acht geben!«

Unsere Lieblingsbank am Waldrand war heute schon von einer freundlichen alten Dame besetzt. Wir setzten uns daneben.

»Guten Tag.«

»Guten Tag. Es ist viel zu kalt für die Jahreszeit, finden Sie nicht auch?«

»Jaja. Furchtbar, furchtbar …«

Zusammen schauten wir auf den trüben Himmel und die Bäume, deren Blätter schon ansatzweise rötlich wurden. Die freundliche Dame schielte immer wieder lächelnd auf die liebste Perle, lächelte von Mal zu Mal freundlicher und fragte schließlich: »Wissen Sie schon, was es wird?«

»Äh … wie?« Die liebste Perle bekam einen knallroten Kopf. »Ach so. Nein, nein, das ist nur … also – nein. Ich hab's noch nicht durchleuchten lassen. Wir wollen uns überraschen lassen.«

Ich fasste mir gequält an den Kopf. Sie immer mit ihrer Angst vor dem Gerede der Leute! Und hatte ich ihr nicht extra gesagt, sie solle die Flasche nicht so kugelig machen?

»Nehmen Sie's nicht so schwer, junger Mann. Mein Alfred ist damals auch fast in Ohnmacht gefallen, und nachher war er der beste Papa, den man sich vorstellen konnte.«

Ich lächelte gezwungen. Die freundliche Dame klärte uns noch über allerlei nützliche Dinge wie spezielle Gymnastikübungen, Ernährung, gute Ärzte, Krankenhäuser und so weiter auf.

Krankenhaus, dachte ich, was für eine frauen- und lebensfeindliche Gesellschaft ist das bloß? Warum schickt man Perlen, die bloß schwanger sind, ins *Kranken*haus?

Ich zog die Konsequenz daraus und entband meinen Schatz später eigenhändig zu Hause.

»Schade«, schmunzelte die liebste Perle und schaute auf das Ergebnis. »Wir hatten uns doch Zwillinge gewünscht. Hihi. Nun ja, zumindest ist sicher, dass es von dir ist, nicht wahr?«

»Wieso?«

Die liebste Perle knuffte mich in die Seite.

»Nimm's nicht persönlich. Aber das sieht doch wohl jeder, dass das 'ne Flasche ist ...«

Warum die Welt noch existiert

Ein Wunder und seine Erklärung

Eines Abends saß ich mit der liebsten Perle im Wohnzimmer, als sie plötzlich ihre kleine Nickelbrille aus dem Etui holte. Normalerweise trägt sie das komische Ding so gut wie nie, und ich rätselte schon, was nun wieder kam.

»Guten Tag, ich bin eine Maskulogin«, näselte die liebste Perle.

»Aha – ich nehme an, das ist das Gegenteil eines Feminologen, richtig?«

»Richtig.« Sie rückte ihre Brille zurecht. »Mein Forschungsgebiet ist das männliche Wesen als solches. Also mit anderen Worten: der Mann als Wesen an sich.«

Ich nickte verständnisvoll.

»Mmh. Sehr interessant. Ich denke, da ist eine Flucht wohl zwecklos. Ich sollte mich freiwillig in die Hände der Wissenschaft begeben …«

Die liebste Perle rieb sich eifrig dieselben.

»Ich danke Ihnen im Voraus für Ihr Entgegenkommen.«

Die Professorin hieß mich freundlich, in horizontaler Lage auf dem Sofa Platz zu nehmen, und griff nach Kuli und Schreibblock.

»Zunächst wollen wir die Psyche unseres Objektes ein wenig näher unter die Lupe nehmen.«

»Mmh … Das finde ich jetzt aber sehr diskriminierend – das mit der Lupe.«

»Ich meine ja auch den Teil der Psyche, der sich im Kopf befindet.«

»Ach so. Nun ja …«

»Keine Angst, der Herr. Das kann nicht lange dauern. Also: Erste Frage: Warum besitzen Sie eine Stereoanlage mit siebenhundert Watt Leistung, obwohl – «

»Geil, wa?«

»Dz, dz … Sie müssen mich schon ausreden lassen, wenn wir weiterkommen wollen. Obwohl Sie den Regler für die Lautstärke im schlimmsten Fall höchstens auf ein Viertel stellen? Und wieso hat Ihr Grammophon die Einstellung *78 Umdrehungen*, obwohl Schallplatten, die mit dieser Geschwindigkeit abgespielt werden, seltener gesichtet werden als UFOs, oder wenn überhaupt, dann nur in Legenden vorkommen?«

»Nun … ähem … (Hier folgte eine längere Überlegenspause. Die Professorin hatte genügend Zeit, sich in

Ruhe die Nägel zu feilen.) Also, das hat was mit der männlichen Psyche zu tun.«

»So? Das war eigentlich die Ausgangsbasis meiner Frage.«

»Nur Geduld …«

Ich nahm die »Auto-Wild« vom Couchtisch und schlug das Bild mit der Chefroller Schmorwett auf.

»Dieser Wagen hat eine Leistung von über dreihundert PS«, erklärte ich. »Das reicht, um im ersten Gang einen Güterzug zu ziehen oder im sechsten Gang die Schallmauer zu durchbrechen.«

»Siehst du? Das meine ich«, sagte die liebste Perle. »Hast du schon mal einen Sportwagen gesehen, der einen Güterzug gezogen hat oder im Tiefflug übers Haus gejagt ist?«

»Nein. Aber das ist ja der Sinn daran, Schatz!«

Die Wissenschaftlerin sah mich verständnislos an.

»Also: Man tut das natürlich nicht, aber man *könnte*. Das ist das As im Ärmel, das einem den inneren Frieden gibt.«

Sie schaute mich immer noch ganz einsilbig an. »Hä?«

»Ja – hast du in historischen Filmdokumenten zum Beispiel noch nie Chrustschow gesehen, wenn er mit Kennedy am Verhandlungstisch sitzt? Dieses Lachen, diese zufriedenen, heiteren Gesichter … Das sind Männer in ihrem Element. Wirklich: *Die* hättest du mal erforschen sollen. 'Na, Kollege?', scheinen sie zu grinsen. 'Dufte Party, was? Du bist mein bester Kumpel, Junge. Wir könnten zusammen richtig was auf die Beine stellen. Aber – hehe – sag *ein* falsches Wort, und ich blase deinen Kontinent weg.' Tja. Eine engere, harmonischere Beziehung unter Männern gibt es gar nicht, Schatz. Zumindest, wenn sie normal veranlagt sind. Also: Gehen wir jetzt zum praktischen Teil deiner Forschungen über?«

»Moment noch.« Die liebste Perle schrieb eifrig mit. »Man *könnte* also, man tut aber nicht?«

»Eben. Die reine Gewissheit, dass man nicht nur stark ist, sondern auch *überlegen*. Dies offen zu zeigen wäre natürlich albern und würde nicht sehr intellektuell wirken. Der Wolf, der nur so tut, als ob er zubeißt. Deshalb steht die Welt auch noch.«

»Ach? Dann haben Männer also keine Freunde?«
Ich verzog das Gesicht.

»Pfui, Liebes. Wo denkst du hin? Männer haben *Lieblingsfeinde*. Zum Kuscheln sind schließlich die Mädels da.«
Die Professorin nahm überrascht ihre Brille ab.

»Echt?«
»Glaub schon ...«

Zur näheren Erprobung dieser These hatte die liebste Perle einige aufwendige Experimente vorbereitet. Unter zusätzlicher akustischer Einwirkung von Chris de Burgh erzielten wir sehr aufschlussreiche Ergebnisse. Als abschließenden Versuch der Testreihe wollten wir herausfinden, ob enges Zusammenkuscheln unter Federdecken sich positiv auf das Schlafen auswirkt. Zunächst endete auch dieses Experiment phänomenal erfolgreich, bis die liebste Perle um circa zwei Uhr nachts aufwachte.

»Was ist das für ein Geräusch, Jan? Dieses Hämmern … Hör mal. Der Boden vibriert so komisch.«

Ich wälzte mich auf die Seite.

»Ach so … Das sind nur die Nachbarn, Schatz.«

»Unterhöhlen die das Haus?«

»Nein. Die feiern.«

»Um *diese* Zeit?«

»Na ja, wahrscheinlich muss der Hausherr seinen besten Freunden mal wieder zeigen, was seine Anlage leistet. Ich würde sagen, das ist *We will shock you* von Queen, oder?«

»Nein, das ist *laut*.«

Das wummernde Geräusch hörte und hörte nicht auf.

»Also, normalerweise ist Musik doch eine Kunstrichtung«, jammerte die liebste Perle mit der Decke über dem Kopf.

»Normalerweise schon. Aber vergiss nicht: Bei Männern kommt zur Kunst zusätzlich der Leistungsfaktor hinzu. Und dieser wird bekanntlich in Watt gemessen.«

Minute um Minute verging. Die liebste Perle wälzte sich schlaflos in ihren Kissen.

»Ruf doch da mal an!«

»Das geht nicht, Schatz. Die hören das Telefon nicht.«

»Dann ruf die Polizei.«

»Das geht noch weniger. Das wäre ja so, als wenn dich auf dem Schulhof jemand verprügeln will und du petzt es flennend dem Lehrer. Oder wenn du Kennedy wärst, dich mit vollen Hosen an die UNO wendest. Wie sähe denn das aus? Nein, nein, das machen höchstens Mädchen. Weißt du, was *wir* tun werden? Männlich dagegenhalten.«

Ich stand auf, begab mich ins Wohnzimmer und holte eine Schallplatte aus dem Regal.

»Hier: *We will shock you* hab ich auch. Sogar die lange Version, in der der Drummer am Ende 'nen tollwütigen Anfall erleidet.«

Ich band der liebsten Perle ein Kissen um den Kopf. Mein Subwoofer ist selbstgebaut, denn Geräte dieser Leistungsklasse dürfen in Deutschland nicht ohne Waffenschein verkauft werden …

»Du, ich glaube, drüben hat's aufgehört!!«, schrie sie wenig später aus Leibeskräften in mein Ohr, während die Möbel auf und ab hüpften.

»Lass noch 'ne Weile!«, schrie ich hämisch zurück. »Die wollen sicher schlafen!«

Am nächsten Morgen ging ich mit der liebsten Perle spazieren und wir trafen den Nachbarn vor dem Haus. Messerdünn grinste er mich an. Ich grinste zurück. Kein Wort, keine Gebärde – zwei Djangos im Saloon ...

In der folgenden Nacht stellte sich das Haus quer.

»Das habe ich kommen sehen!«, schrie ich durch das bebende Inferno und sicherte die Schränke mit Gurten. Die liebste Perle fing in letzter Sekunde eine herabfallende Vase auf.

»Feiern die etwa wieder?«

»Ja. Aber diesmal auf Englisch!«

»Ach? Ich wusste gar nicht, dass es *We will shock you* auch auf Deutsch gibt!«

»Gibt's auch nicht!« Ich nahm vorsorglich den kostbaren Spiegel von der Wand. »*To fire,* verstehst du? Kriegerlatein für *verfeuern.* Angeblich soll es auf dem Schwarzmarkt jetzt Bassboxen geben, die mit Kerosin betankt werden!«

Als das Beben gegen drei Uhr endlich vorbei war, lag die liebste Perle so wach, wie sie es wohl nie im Leben zuvor gewesen war, aber genauso erschöpft in ihren Kissen. Ich prüfte sorgfältig die Baustatik. Der Rahmen der Wohnzimmertür war arg verzogen, und ich musste die Luke regelrecht einrennen.

»So!«, grinste ich. »Er hat es nicht anders gewollt.«

Ganz hinten aus dem Plattenschrank holte ich eine verstaubte Vinyl-Scheibe aus den Sechzigern. Die liebste Perle erschrak.

»Was ist das? Doch nicht etwa Roy Black?«

»Ich bitte dich, Schatz. Als Gentleman bin ich der Genfer Konvention verpflichtet. Nein, das ist Leonard Bernstein, der Stardirigent. Er dirigiert Beethovens Fünfte. Diese Platte ist ein seltenes Sammlerstück, nicht nur, weil sie mit achtundsiebzig Umdrehungen abgespielt wird, sondern außerdem die Aufnahme fehlgeschlagen ist. Irgendein Trottel hat das Mikrofon direkt neben die Pauke gestellt.«

Die liebste Perle erbleichte. »Du wirst uns alle vernichten!«

»Das will ich hoffen. Die Musik enthält eine weltentrückte Wut, wie es sie zuvor noch nie gab und auch danach nie mehr erreicht wurde. Man sagt, Bernstein habe die Sinflutie unmittelbar dirigiert, nachdem er seine Frau in flagranti mit Mick Jagger erwischt habe.«

Die liebste Perle riss mir erschrocken die Platte aus der Hand.

»Schluss jetzt. Ich werde das nicht zulassen!«

Ernüchtert gab ich nach und dachte dasselbe (also nach). Haben wir's wirklich den Mädels zu verdanken, dass die Welt noch existiert?

Die Glotz-Gesellschaft

Keine Toleranz der Intoleranz

Wenn Yvonne, die Freundin der liebsten Perle, zu Besuch kommt, steigt das intellektuelle Gesprächsniveau am Kaffeetisch jedes Mal sprunghaft in die Höhe. Sie studiert nämlich Soziologie. Für alle, die nicht studieren oder Yvonne nicht fragen können: Das ist die Lehre von den Menschen in ihrem Umgang miteinander. Also: Lehre mit »h«. (Für alle, die den Text vielleicht vorgelesen bekommen.) Das Thema unserer heutigen Kaffeelektion hieß »Duldsamkeit«. (Diesmal für alle, die Soziologie studieren, etwas genauer ausgedrückt: »Toleranz«. Ich finde es wichtig, dass ein Text für jeden verständlich ist und niemand ausgegrenzt oder benachteiligt wird.)

»Wisst ihr«, begann Yvonne und schlürfte an ihrer Cappuccinotasse, »Toleranz ist ein wichtiger Wert in der Gesellschaft. In den letzten fünfzig Jahren konnte man beobachten, wie ihm immer mehr Bedeutung beigemessen wurde. Früher war es fast normal, dass zum Beispiel Behinderte ausgegrenzt oder sogar diskriminiert wurden. Heute dagegen – «

»Pah!«, rief ich mit vollem Mund. »Willst du mir etwa weismachen, dass diese Gesellschaft *tolerant* ist?«

»Nun ja. Zumindest hat sie im Vergleich mit früher gewisse Fortschritte gemacht.«

»Diese speichelnde Meute da draußen, die du moderne Gesellschaft nennst, liebe Yvonne, ist der intoleranteste und verknöchertste Haufen in der ganzen Galaxie!«, sagte ich und nahm einen weiteren Schluck Bier. (Cappuccino mag ich nicht.) Die liebste Perle knuffte mich unterm Tisch ans Bein. Yvonne entging das nicht, denn sie ist eine ausgezeichnete Beobachterin, und hatte mich bereits als interessantes Studienobjekt im Auge. (Rein wissenschaftlich, versteht sich.)

»Lass ihn doch ausreden. Erzähl: Was ist dir passiert, Jan?«

»Was mir passiert ist?«, grummelte ich. »*Ständig* passiert mir was. Letztens bin ich zum Beispiel mit meinen dunkelbraunen Sandalen in der Stadt spazieren gegangen und trug dazu weiße Tennissocken.«

Die liebste Perle verdrehte die Augen. »Jaja. Die Geschichte kennen wir. Und da haben sie dich gesteinigt.«

»Na, zumindest mit Pupillen gesteinigt. Du hättest echt mal sehen sollen, wie die auf meine Füße geglotzt haben. Als wäre ich ein Außerirdischer oder Boris Becker!«

»Ach Jan. Das bildest du dir ein«, sagte die liebste Perle. »Deswegen guckt doch keiner. Soll ich dir mal sagen, wann die wirklich gucken? Wenn unsereins mit einem stinknormalen Gürtel daherkommt! Dann!«

Ich schüttelte den Kopf. »So ein Quatsch, Liebes. Das bildest *du* dir nämlich ein.«

»Nein, nein. Das kann ich wohl besser einschätzen. Die gucken! Und nur, weil er rosa ist und … nun ja … weil *Love, Love, Love* draufsteht. Also rundherum jetzt.«

»Ach, Liebes. Die gucken höchstens, weil du so *schön* bist. *Love, Love, Love* – das ist schließlich Weltkultur von den Beatles.«

Die liebste Perle schenkte sich noch etwas Kaffee nach.

»Also, ich gebe ja zu, dass es nicht gerade der unauffälligste Gürtel ist, aber nun mal wirklich: Das hält sich doch wohl echt noch innerhalb eines normalen Toleranzbereiches auf, oder nicht? Aber wie die Leute geguckt haben …«

»Nein, Schatz. Dein Gürtel ist doch ganz normal. Du verwechselst das: Die haben auf meine Sandalen geguckt!«

»Ach, du warst ja gar nicht dabei!«

»Was? Du trägst deinen albernen *Love, Love, Love*-Gürtel, wenn ich nicht dabei bin?«

Während wir uns zankten, notierte Yvonne eifrig die bisherigen Fakten mit.

»Das ist hochinteressant«, sagte sie. »Erzählt weiter. Was ist euch noch passiert?«

»Das mit den Wäscheklammern zum Beispiel«, sagte ich.

»Jan!«

»Was ist? Das kannst du doch ruhig erzählen, Liebes. Du hast doch wirklich überhaupt nichts Schlimmes getan.«

Die liebste Perle zögerte.

»Okay, eigentlich hast du recht. Also: Als ich letztens in der Stadt spazieren ging, ist mein Haargummi gerissen. Die Spangen hatte ich gerade nicht dabei, und andauernd fielen mir die Haare ins Gesicht. Die Leute guckten schon ganz komisch. Vorher hatte ich neue Wäscheklammern gekauft – und da habe ich *die* einfach als Haarklammern benutzt. Na und? Das funktioniert sogar wunderbar. Aber *da* hättest du das Gegrinse erst sehen sollen! Echt ... Sogar ein Polizist hat länger hergeschaut. Womöglich wollte er schon die Ambulanz holen.«

Ich nahm den letzten Schluck Bier und fasste ein Resümee:

»Wenn du etwas tust, was anderen nicht im Geringsten schadet oder sie belästigt, sondern einfach nur ein paar Grad von der Norm abweicht – und sei es im positiven Sinne –, dann wirst du auf der Stelle abgesondert.«

»Genau!«

Yvonne las noch einmal ihre Notizen durch und meinte dann:

»Wisst ihr, was wirklich interessant wäre? Wenn wir eure Erfahrungen mit einer Studie belegen würden. Ich brauche sowieso noch was für meine Abschlussarbeit.«

Die liebste Perle und ich schauten uns fragend an. Zuerst war uns die Sache gar nicht geheuer. Aber Yvonne kannte sich gut aus mit Menschen und überredete uns schließlich.

»Zeit: Sonntag, 14.30. Ort: Eine Caféterrasse am Stadtrand«, sprach Yvonne ins Mikrofon ihres Mini-Camcorders (Toleranzhinweis für alle, die die letzten zehn Jahre verpennt haben: das ist eine Filmkamera), versteckte das Gerät daraufhin in ihrer Handtasche und richtete die unauffällige Sichtöffnung auf eine Gruppe von circa einem Dutzend Cafébesucher zwei Tischreihen weiter. Absolut durchschnittliche, normale Zeitgenossen verschiedenen Alters und Geschlechts. Die angepeilten Herrschaften trugen sämtlichst Sonnenbrillen, und dies vermutlich wegen des sonnigen Wetters.

»Wetten, die glotzen gleich schon rüber, weil wir keine Sonnenbrillen auf haben?«, geiferte ich. »Einmal haben sie mich angeglotzt, weil ich im Sommer einen Pullover trug und alle andern kurze Ärmel – «

»Jaja, Jan«, sagte Yvonne. »Das Experiment geht sofort los.«

Sie drückte auf »Play« und forderte mich auf, meine dunkelbraunen Sandalen mit den weißen Tennissocken deutlich sichtbar zu präsentieren.

Niemand von den Leuten schaute genauer hin oder verzog eine Miene.

»Siehst du? Nichts passiert«, raunte die liebste Perle nach einer Minute.

»Mmpf ... Das ist der Vorführeffekt.«

»Jetzt bist du dran«, forderte sie Yvonne auf. Die liebste Perle stand auf und frummelte ihr T-Shirt in die Hose, so dass der rosa Gürtel mit dem herrlichen Beatles-Text sichtbar wurde. Sie ging sogar ein paar Mal um den Tisch und tat so, als ob sie etwas suchte – nichts. Die Leute waren wie versteinert.

»Siehst du? Sie sind wie erschlagen von deiner Schönheit, Schatz.«

»Ruhe, Jan«, mahnte Yvonne. Zur liebsten Perle sagte sie: »Los, weiter – dein Text!«

»Oh«, begann diese. »Wo ist denn meine Haarspange nur hingekommen? Hast du sie gesehen?«

»Ach, nimm doch stattdessen einfach das hier, Schatz«, sagte ich und reichte ihr zwei Wäscheklammern. Mit hochrotem Kopf setzte sie die liebste Perle ein und saß reizvoll verziert am Tisch. Gespannt beobachtete Yvonne die Reaktion der Leute aus den Augenwinkeln. (Soziologiestudentinnen haben nicht nur Camcorder, sondern auch Brillen, durch dessen Spiegelung sie um die Ecke gucken können.)

»Wirklich erstaunlich«, meinte sie. »Spätestens jetzt hätte ich eine Reaktion erwartet.«

Ein wenig enttäuscht betrachtete sie ihre Handtasche mit der laufenden Kamera.

»Macht doch mal irgendwas, Mensch.«

»Was denn?«

»Was weiß ich? Ihr sagt doch selber immer, dass man euch dauernd anglotzen würde.«

Die liebste Perle überlegte einige Zeit und riss mir schließlich die Kappe herunter.

»Ey!« Meine Haare darunter lagen kreuz und quer.

»Die hat er nur auf, damit er sich nicht zu kämmen braucht«, kicherte sie Yvonne hinter vorgehaltener Hand zu.

»Na und?«, verteidigte ich mich empört. »Dauernd dieses Rumgehampel mit dem Kamm. Völlig ohne praktischen Zweck. Nur damit die Leute nicht blöd gucken. Anderseits: Das hätte mir auch eher einfallen können. Normalerweise bin ich ohne Kappe ein Gaff-Garant. Nur leider nicht heute ...«

»Wir müssen halt alle Register ziehen«, sagte Yvonne entschlossen zur liebsten Perle.

»Soll Jan sich etwa am Hintern kratzen wie zu Hause?«

»Na und? Wenn's juckt?«, rief ich abermals verteidigend. »Wem tue ich schließlich was damit? Man darf sich doch auch am Arm oder an der Schulter – «

»Nein. Wir nehmen die Krawatte!«

»Was?« Ich erbleichte. »Habt ihr die etwa mitgenommen? Wir hatten doch ausdrücklich vereinbart, dass – «

»Komm schon, Jan. Die Wissenschaft wird es dir danken«, sagte Yvonne und kramte das Ding aus der Handtasche. »Es ist schließlich bloß eine ganz normale Krawatte, oder?«

Ich wurde knallrot, als die liebste Perle mir half, den Schlips umzubinden. Das Teil hatte sie nämlich einst zusammen mit ihrem Gürtel im selben Schickimicki-Laden gekauft, und es strahlte mit einer neonrosa Schrift auf schwarzem Grund: *Love, Love, Love.* Partnerlook sozusagen.

»Ich weiß gar nicht, was du hast, Jan. Ich find den Schlips toll«, sagte die liebste Perle kichernd.

Die Leute am Tisch drüben hatten dazu allerdings überhaupt keine Meinung. Genervt griff Yvonne in die Handtasche und schaltete den Camcorder aus. »Was soll's, Kinder. Haken wir die Sache einfach ab und bestellen uns einen Cappuccino.«

Weil geraume Zeit kein Kellner auftauchte, stand ich auf und begab mich ins Caféhaus.

»Hallo!«, rief ich mehrmals, »die zwei Ladys möchten bitte einen Cappuccino und ich ein Bier!«

Der Kellner trug anscheinend ein Hörgerät, aber ich war tolerant und brüllte höflich. Hochinteressant: *Jetzt* schauten auf einmal einige Leute her. Das Phänomen hielt jedoch nicht lange an, und ich begab mich bei der Gelegenheit erst mal auf die Toilette. Ich weiß: Normalerweise erwähnt man das in gewöhnlicher Literatur nicht jedes Mal. Sähe auch ziemlich seltsam aus, wenn der Autor – obgleich es viel realistischer klingen würde – beispielsweise in *Die Buddenbrooks oder Die Leiden des jungen Werther* ständig die Klopausen erwähnt hätte. Aber diesmal lag der Fall anders: Mir unterlief ein kleines Missgeschick. Schließlich bin ich es als freiheitsliebender Mensch nicht gewohnt, Krawatten zu tragen … Als ich an den Tisch zurückhumpelte, erschrak die liebste Perle.

»Jan, warum gehst du denn so krumm?«

»Hilf mir mal kurz«, ächzte ich mit Blickrichtung nach unten. »Der blöde Schlips hat sich im Reißverschluss verklemmt.«

»Ach, hör auf, Jan«, meinte Yvonne gelangweilt. »Die Kamera ist doch längst aus.«

»Ich spiele das nicht!«, jammerte ich verzweifelt und fummelte in wachsender Panik an meiner Hose. »Ich kann mich nicht mehr aufrichten!«

»Ach du liebe Zeit! Wie konnte das denn wieder passieren?«, sagte die liebste Perle und beugte sich herunter. »Zeig mal her.«

Ein wenig irritiert schaute Yvonne der Szenerie zu.

»Verflixt, Jan … das klemmt irgendwie …«

Aus meinem Hals kam nur eine Art Gurgelgeräusch. Der Schlipsknoten zog sich bedrohlich zu.

»Du musst die Hose ausziehen. Los, hilf doch mal, Yvonne!«

»Das glaubt mir kein Mensch …«

»Ach, hast du eine Ahnung. Solche Sachen passieren ihm dauernd.«

»Nein, nein. Ich meine, die Leute … Schaut euch das an: Die trinken seelenruhig ihren Kaffee. Echt. Könnt ihr das glauben?«

»Ich würde dir das ja gerne glauben, Yvonne«, keuchte ich. »Aber momentan müsste ich mich schon auf den Rücken legen, um geradeaus gucken zu können.«

Die Wäscheklammern im Haar der liebsten Perle versagten ihren Halt, und einige Strähnen fielen in den Aktionsbereich.

»Mist – au! Verdammter Reißverschluss. Ich glaub, jetzt klemmen meine Haare auch noch drin fest. Beweg dich nicht …«

Yvonne konnte dem Treiben nicht länger zusehen. Sie holte eine kleine Nagelschere aus der Handtasche und kam näher.

»Ich darf doch, Jan?«

»Na sicher! Schneid das Scheißding ab!«

Mit vereinten Kräften durchtrennten wir die zähe Krawatte mitsamt einiger Haarsträhnchen, und ich war wieder frei.

»Puh, danke. Jetzt ist mir wohler.«

Endlich kamen die Getränke.

»Wie ist das bloß zu erklären?«, grübelte Yvonne, während sie ihren Cappuccino schlürfte und auf die seltsamen Leute schaute. »Das widerspricht doch jeder vernünftigen Vorhersage! Oder ob die dachten, du hättest Morbus Bechterev, und finden, über Behinderte lacht man nicht?«

»Vielleicht hat aber auch über Nacht eine Wende stattgefunden«, meinte ich dazu, durchaus ernst. »Ja, das muss es sein ...« Meine Augen leuchteten plötzlich euphorisch. »Das goldene Zeitalter ist da! Freiheit und Toleranz ohne Grenzen! Wir können endlich voller Liebe und natürlich wie im Paradies leben, Schatz!«

»Hör auf zu spinnen, Jan.«

»Hast du eine andere Erklärung? Wir können fröhlich losziehen, in den Straßen lachen und singen und im Sommer nackt im Springbrunnen baden. Niemand wird sich darüber aufregen. Das Spießertum ist tot! *Make Love*, nicht wahr?! Ich brauche mich nie wieder zu kämmen! Der Hippietraum ist wahr geworden! Halleluja!«

Yvonne und die liebste Perle kratzen sich nachdenklich am Kopf. Konnte das sein? Ein Studentengehirn wehrt sich normalerweise gegen solcherart Gefühlsausbrüche und arbeitet stattdessen hart an einer alternativen, logischen Erklärung, fand aber diesmal keine. Gerade wollten wir gemeinsam zum Ringelreigen ansetzten, hörten im Geiste schon die Engelsfanfare des biblisch verheißenen goldenen Zeitalters am Horizont erschallen — da war es nur die Hupe eines Reisebusses. Auf den akustischen Wink standen plötzlich sämtliche Personen am Tisch drüben auf und griffen zu ihren weißen Stöcken. Uns sackten die Kieferleisten herunter.

Nun ja, Yvonne hatte wohl recht: Zumindest arbeiten wir Menschen redlich daran, damit das goldene Zeitalter wirklich einmal kommt. Zum Beispiel, indem wir Nachmittagssausflüge für Blinde organisieren.

Der Prinz auf der Erbse

Linkspropaganda für Warmduscher

Müde schlurfte ich am Abend ins Bett, als die liebste Perle sich nörgelnd meldete.

»Kerl, Jan. Wie läufst du denn schon wieder rum? Wie hast du denn deinen Schlafanzug an?«

»Warum?« Ich schaute an mir herunter. »Ach so … Na und, Schatz? Hier sieht's doch keiner.«

Wie gewohnt kuschelte ich mich neben sie in die Decken.

»Sag mal, bin ich eigentlich deine Mutti, oder was? Andauernd muss man dir die einfachsten Dinge sagen.«

»Oh, unterschätze Muttis nicht, Liebes. Die sind oft klüger, als man denkt.«

»Na, meinetwegen.«

Wie gewohnt kuschelte sich die liebste Perle auch an mich.

»Bist du schon richtig müde, oder noch gar nicht, oder nur halb?«, fragte ich sie wie gewohnt.

»Mmh, ich würde sagen: So halb.«

»Fein. In diesem Fall möchtest du sicher eine Gutenachtgeschichte hören, richtig?«

»Hihi. Natürlich.«

Die liebste Perle hatte sehr liebevolle Eltern und ist es daher von klein auf gewohnt, dass man ihr Gutenachtgeschichten erzählt. Und weil ein solches Unterhaltungsbedürfnis im Erwachsenenalter nicht einfach abstirbt, war es von Anfang an völlig klar, dass sie nur einen Kerl haben wollte, der ihr Geschichten erzählen kann. Gespannt schloss die liebste Perle die Augen und ich begann:

Es war einmal vor langer, langer Zeit die Tochter eines Gastwirtschaftsbesitzers, deren sehnlichster Wunsch bestand darin, einen echten Prinzen zu heiraten. Etwas anderes wollte sie partout nicht haben. Majestät oder Asket – in der Liebe darf man schließlich wählerisch sein.

Eines Tages, es regnete in Strömen, stand ein junger Mann vor der Tür.

»Guten Tag! Ich bin Willibald von Wittgenstein und suche ein Lager für die Nacht«, stellte sich der Durchnässte vor.

Die Tochter hatte den Namen noch nie gehört und war ziemlich misstrauisch.

»Wir sind voll belegt.«

»Aber ich bin ein echter Prinz!«

»Ach?«

Später, als der junge Mann beim Abendessen saß, raunte das Mädchen ihrer Mutter an der Theke zu: »Du, der Kerl behauptet, ein Prinz zu sein. Was hältst du davon?«

Die Mutter musterte den Burschen. »Da gibt es nur eine Möglichkeit, das rauszufinden, Kind. Weißt du: Richtige Prinzen sind heutzutage totale Weicheier. Das liegt an ihrer Erziehung. Fechten lernen und so brauchen sie nicht mehr, und reiten tun sie höchstens auf teuren Rennrädern mit Elektroantrieb. Schau mal nach seinem Wagen. Steht der vielleicht im Schatten?«

»Wie soll ich das wissen, Mutti? Es regnet!«

»Dann sollten wir vielleicht darauf achten, mit welcher Temperatur er duscht. Befühle das Abflussrohr im Keller, wenn's oben plätschert.«

»Pah. Bei dem Sauwetter würde ja nicht mal Vladimir Klitschko mit kaltem Wasser duschen. Mmh, sollen wir ihm einen ausgeben? Wenn er wirklich ein Prinz ist, dann hauen ihn wahrscheinlich allein die Dämpfe vom Wacholderschnaps ins Koma.«

»Ich weiß nicht … Ich glaube, der ist noch nicht achtzehn.«

Für die weiteren Ermittlungen benutzten die Mutter und ihre Tochter jeweils eigene Methoden. Das Mädchen holte aus sämtlichen Betten der Herberge die Luxus-

Latex-Feinschaummatratzen und schichtete sie auf dem Bettgestell des vermeintlichen Prinzen übereinander. Es waren circa ein Duzend Stück, aber mit einer Stehleiter sollte es kein Problem für ihn sein, den schwankenden Turm zu erklimmen. Ganz unten auf den Lattenrost platzierte das Mädchen eine winzige Erbse.

Die Methode der Mutter ging derweil einen Hans-Christian-Andersen-Weg. Zunächst stahl sie dem jungen Mann sämtliche Kleidungsstücke aus dem Koffer, sogar seinen Schlafanzug, und ersetzte sie lediglich durch ein ziemlich enges, aber dafür sehr modisches Baumwollhemd mit der Aufschrift *Street Fighter* und eine lange Unterhose.

Als der müde Gast sein Zimmer betrat, um sich schlafen zu legen, verwunderte ihn dies fast noch mehr als das eigenwillige Bett, und er zwängte sich in die Sachen. (Echte Prinzen schlafen niemals nackt, weil sie Angst vor Paparazzis haben.)

Am nächsten Morgen schwankte der arme Kerl völlig fertig in die Wirtsstube.

»Guten Morgen, der Herr! Wie haben Sie geschlafen?«, fragte die Mutter.

»Miserabel, mit Verlaub. Bitte bringen Sie mir eine lauwarme Tasse Kamillentee.«

»Oh, sicher haben Sie furchtbare Rückenschmerzen, nicht wahr?«, meldete sich die Tochter.

»Ach, es geht so. Aber irgendeiner hat mir meine Klamotten geklaut.«

Die Mutter nahm ihre Tochter an die Seite. »Volltreffer, Kleines! Sieh her: Das ist ein waschechter Prinz!«

»Was? Aber die Erbse – er hat doch noch nicht mal Rückenschmerzen ...«

»Pah, vergiss die Erbse. Schau dir lieber mal sein Hemd an – er trägt es auf links. Auf *links*, verstehst du? Wegen der Nähte – die scheuern so.«

»Woow ...«

Im Freudentaumel fiel die Tochter dem Prinzen sogleich um den Hals und heiratete ihn noch am selben Tag. Und wenn sie nicht gestorben sind, dann ...«

»Wirklich sehr witzig, Jan«, sagte die liebste Perle. »Aber hier gibt's keine charmanten Ausreden. Sofort ziehst du deinen Schlafanzug richtig rum an!«

Die Traum-Akademie

Unser Freund Ingo wunderte sich ein wenig, als er zu Besuch kam und die Haustür offen stand. Zögernd ging er hinein, durchsuchte die Wohnung und fand uns schließlich im Hinterhof unter dem Kirschbaum dösen. Die liebste Perle lag auf dem Bauch im Gras und zupfte an einem Gänseblümchen, während ich am Stamm lehnte und regungslos in die Wolken starrte.

»Hallo, ihr zwei.«

Die liebste Perle schaute auf. »Ach, hallo Ingo. Setz dich doch.«

Er nahm auf einem Gartenstuhl Platz und schaute ein wenig irritiert auf meine Gestalt, wie sie mit halboffenem Mund dalag und nicht reagierte.

»Ist er tot?«

»Wie? Nein. Wir träumen nur gerade, weißt du?«

Ingo ist ein recht fleißiger Zeitgenosse und sogar zum Abteilungsleiter seiner Baufirma befördert worden. Ein wenig mitleidig schmunzelte er vor sich hin.

»Träumen ist eine ernste Angelegenheit«, erklärte die liebste Perle. »Stell dir vor, niemand auf der Welt würde mehr träumen.«

»Jaja …«

Er schmunzelte noch breiter. Mühsam rappelte sich die Gastgeberin hoch und holte für Ingo ein Stück selbst gebackenen Sandkuchen aus der Küche. Dazu ein frisches Glas Himbeerlimonade.

»Oh, danke. Das wäre aber nicht nötig gewesen.«

»Keine Ursache. Da sind nur die besten Zutaten drin.«

Die liebste Perle legte sich ins Gras zurück und wandte sich wieder ihrer Blume zu.

Bei absoluter Stille um ihn her – nur ab und zu zwitscherte ein Vogel oder der Wind raschelte in den Blättern – kaute Ingo an seinem weichen Kuchen. Beim letzten Bissen sackte er wie von Zauberhand weg und hatte plötzlich das Gefühl – so erzählte er uns später –, in die Wolken am Himmel hineinzuwandern. Mitten in den lichten Wattegebilden erschien vor ihm ein imposantes Gebäude aus hellem, federleichtem Gasbeton. (Ingo erkannte das sofort, denn er war ja Experte.) Über dem Eingangsportal stand in geschwungenen, himmelblauen Buchstaben: *Traum-Akademie*. Neugierig ging er hinein.

Im Foyer standen eine Handvoll Leute direkt in einer Linie und starrten in dieselbe Richtung.

»Guten Tag«, sagte Ingo zum Ersten von ihnen.

»Guten Tag«, entgegnete dieser, ohne seine Blickrichtung zu verändern. Kaum konnte Ingo eine Frage stellen, da flog schon die Tür auf und ein Hüne in Uniform und mit weißem Bart betrat forschen Schrittes den Raum. Sämtliche Anwesende zuckten zusammen und standen noch gerader da.

»ICH BIN LEUTNANT SANDMANN, EUER AUSBILDER!«, schnarrte der Hüne grußlos und schritt missmutig die Reihe ab.

»IHR SEHT AUS WIE EIN HAUFEN VON MILCHGESICHTIGEN CHEFSCHLEIMERN! ICH WERDE AUS EUCH HOHLEN, ABGESTUMPFTEN WASCHBETONKÖPFEN EINE TRUPPE VON ERSTKLASSIGEN TRÄUMERN MACHEN! ABER GLAUBT JA NICHT, DASS DAS EIN ZUCKERLECKEN WIRD!«

Auf seinen Wink hin öffnete sich ein Purpurvorhang, und eine Reihe von Liegestühlen erschien.

»ZACK, ZACK!«

Im Laufschritt nahm sich jeder der Rekruten einen Liegestuhl und setzte sich. Umständlich frummelte Ingo das dicke Polster zurecht. Mit spöttischem Blick sah der Leutnant zu.

»ZU WEICH, WAS? NICHT VERZÄRTELT GENUG! HA! IHR HAUFEN VON ELENDEN WASCHBRETTERN! LOS! ENTSPANNT EUCH!«

Im Hintergrund erschallte zackige Meditationsmusik.

»ICH GEBE EUCH DREI MINUTEN! DANN WILL ICH HIER ASTREINE ERGEBNISSE SEHEN!«

Mürrisch ging der Leutnant vor den Liegestühlen auf und ab und schaute immer wieder auf seine tickende Taschenuhr. Schließlich pflanzte er sich vor Ingo auf.

»DU DA! RAUS DAMIT! WOVON TRÄUMST DU?«

»Ich ... äh ...«

»NA?!«

»Eine Blumenwiese!«, rief Ingo keuchend. »Ich träume von einer romantischen Blumenwiese!«

»GUT! WIE SEHEN DIE BLUMEN AUS?«

»Äh ... bunt!«

»FARBEN! ICH WILL FARBEN HÖREN!«

»Äh ... rote und ... äh ... blaue ...«

»WAS NOCH?«

»G-gelbe?«

Der Ausbilder geriet außer sich. Deutlich traten die Adern an seinem Hals hervor.

»ZARTCREME! FLIEDER! AZURBLAU!!«, tobte er. »SCHON MAL WAS VON AZURBLAU GEHÖRT, DU ANFÄNGER?«

Ingo brach der Schweiß aus.

»LOS, WEITER!«, brüllte der Leutnant. »WAS IST DA NOCH?«

»Äh … wie?«

»WAS DA NOCH IST, MANN! DU WILLST MIR DOCH NICHT ERZÄHLEN, DASS DA AUF EINER ROMANTISCHEN WIESE NUR BLUMEN STEHEN?!«

Ingo schluckte.

»Da stehen … äh … Bäume?«

»BÄUME, HA!« Mit wilden Gesten fuchtelte der Ausbilder in der Luft. »BIENCHEN SUMMEN DA! EIN KLEINER BACH MURMELT! SOMMERWIND IN DEN HAAREN! LIBELLEN! GOTTVERDAMMTE SCHMETTERLINGE!«

Kleine Speicheltröpfchen wehten um Ingos Ohren.

»LOS, DU MEMME! BESCHREIB MIR DEN BACH!«

»Äh … der Bach glitzert in der Sonne …?«

»NA SIEH MAL AN! DU MACHST DICH! WEITER! NICHT NACHLASSEN! *WIE* GLITZERT DER BACH?«

»Wie … wie ein Spiegel?«

»SPIEGEL! GUT! SEHR ROMANTISCH! DAS GEHT RICHTIG ANS HERZ! WEITER! WORAUS BESTEHT DER SPIEGEL?«

Fiebernd dachte Ingo nach.

»Aus … Wasser?«, stotterte er.

»WILLST DU MICH VERSCHEISSERN, MANN?!«

Ingo nahm sich mit aller Gewalt zusammen.

»Aus Glas!«

Der Leutnant erlitt einen Tobsuchtsanfall.

»AUS KRISTALL! AUS KRISTALL NATÜRLICH! DU BEHERRSCHST NICHT MAL DIE TRIVIALSTEN KLISCHEES, DU FLASCHE!«

»Möchtest du noch etwas Himbeerlimonade, Ingo?«, fragte die liebste Perle freundlich. Blinzelnd erwachte der Schweißgebadete aus dem Schlaf.

»Äh … danke. Hättest du vielleicht einen Schluck Wasser?«

»Wasser?«

Er zuckte zusammen. »Äh … Nein! KRISTALL!«

»Was?«

»Ach, ist schon gut …«

Ingo stand auf und sammelte sich. Respektvoll schaute er dabei auf meine schnarchende Gestalt, wie sie immer noch regungslos unter dem Kirschbaum lag. Jetzt verstand er auch endlich, warum die so k.o. war …

Frühling im Herzen

An einem sonnigen Tag im April war es schon fast so warm wie im Juni. Die liebste Perle und ich saßen auf einer Bank im Grünen.

»Seltsam, nicht wahr, Jan? Dieses milde Wetter und dazu die ganzen kahlen Bäume ...«

Einer von den Ästen hing direkt über der Bank und störte ein wenig.

»Hach, dummes Gestrüpp«, ärgerte ich mich und versuchte es wegzudrücken.

»Eigentlich müssten doch schon längst die Blüten ausschlagen«, meinte die liebste Perle.

»Ja, du hast recht. Es sieht alles noch furchtbar trostlos aus.«

Die liebste Perle schmunzelte und holte geheimnisvoll eine Flasche hervor.

»Da habe ich ein Mittel gegen. Hier, echter Holunderblütenschnaps, von Onkel Herrmann selbst gebrannt. Wenn der Frühling nicht zu dir kommt ...«

»... dann säuft man sich einfach den Winter schön«, komplettierte ich den Satz.

»Ach, drück es nicht so platt aus, Jan. Ich denke, du bist ein Romantiker!«

Die liebste Perle zauberte zwei Gläschen hervor und schenkte eine klare Flüssigkeit mit einem Hauch von Rosé hinein.

Das Zeug schmeckte nicht übel. Wie Früchtebowle irgendwie, nur wesentlich hochprozentiger. Der liebsten Perle schmeckte es gar so gut, dass sie überhaupt nicht mehr aufhören wollte.

»He, Schatz. Lass gut sein – alles mit Maßen!«

»Ach, du bist und bleibst ein alter Langweiler.« Albern fing sie an zu kichern.

»Komm, nimm auch noch einen Schluck.«

»Aber nur, weil du es bist.«

Nach und nach drehte sich alles um mich wie im Maienreigen. Einen Tunnelblick war ich ja gewohnt, aber diesmal vernebelte sich irgendwie alles so seltsam – wie ein grauer Schleier.

»Oh nein!« Die liebste Perle schrie erschrocken auf und blinzelte angestrengt. »Ich sehe nichts mehr!«

»Jaja«, schimpfte ich, nahm die Flasche und kippte den Rest vom Schnaps ins Gras. »Selbstgebrannt, wie? Onkel Herrmann hat den Bogen raus …«

Die liebste Perle war ein wenig verängstigt. »Was jetzt, Jan?«

»Bleib ganz locker, Schatz. Ich habe gehört, Blindheit durch falsch destillierten Alkohol geht nach dem Abklingen des Rausches von ganz alleine wieder zurück.«

»Wirklich?«

»Ja. Hab keine Angst.« Ich nahm ihre Hand. »Solange ich noch einigermaßen was sehen kann, führe ich dich sicher durchs Leben.«

Sie nahm meine Hand noch fester. »Du bist lieb ...«

Die liebste Perle wollte mir ein Küsschen geben und reckte den Kopf in meine Richtung.

»Pass auf, Schatz – der Ast!«

Ihr Mund berührte kurz das kahle Holz.

»Huch!«

Ich schob ihn schnell beiseite und erwiderte die Geste. Wie süßer ein Kuss doch sein kann, wenn jemand nur ein ganz klein bisschen traurig ist und Trost benötigt. Jedenfalls traute ich meinen Augen nicht, als ich zwei Tage später mit dem Fahrrad zufällig noch einmal an der Bank vorbeikam: Der ganze Wald war noch immer kahl. Auch der Baum hinter der Bank – kahl. Nichts als dürres, braunes Gesträuch. Aber dieser eine Zweig – der blühte ...

Sauber und sparsam

Verliebt in der Waschmaschine

Dem Chaos um sie herum begegnet die liebste Perle meistens mit einer lebensfrohen Gelassenheit. Die eine oder andere Wollmaus soll sie nicht stören, solange das Tierchen verborgen unter dem Sofa wohnt und keine unangemeldeten Besucher erschreckt. Auch ein Fleck auf den Fliesen oder fast unsichtbare Spinnweben können sie nicht aus der Fassung bringen. In einem anderen Punkt jedoch ist die liebste Perle eigen: die Sauberkeit an ihr selbst. Kein Tag vergeht, an dem sie nicht mindestens einmal die Wäsche und ihre Socken wechselt, auch wenn sie den ganzen Tag nur in der Wohnung gesessen hat. Stets muss alles sauber und duftig sein, sonst fühlt sie sich nicht wohl. Um Wasser und Energie zu sparen, gehen wir mittlerweile zu der Maßnahme über, dass ich zum Beispiel ihre schneeweißen Socken, welche für ihr empfindsames Näschen bereits völlig versudelt und keimverseucht sind, einfach noch ein paar Tage weitertrage. (Für die Berge von Spitzenunterwäsche haben wir bisher leider noch keine ökonomische Lösung gefunden.)

Doch eines Tages geschah es dann: die Waschmaschine ging kaputt. Man musste kein Mechaniker sein, um sofort eine verlässliche Diagnose zu stellen: Überlastung!

Die Lage spitzte sich zu. Unsere Wäschereserven waren bei sommerlichen Temperaturen und dem gewohnt hohen Verschweiß – pardon, Verschleiß – schnell aufgebraucht. Als wir eines Nachmittags von einer langen, anstrengenden Fahrradtour zurückkamen, roch die liebste Perle an ihrem roséroten Batikkleid und rümpfte die Nase.

»Das kann ich unmöglich noch anziehen«, sagte sie.

»Zeig mal«, meinte ich und begann, fachmännisch mein Geruchsorgan hineinzugraben. »Also, ich finde, jetzt hat es gerade die richtige Würze.«

Die liebste Perle schob mich kichernd beiseite. Dann wurde sie wieder ernst.

»Mist. Was ziehe ich denn jetzt bloß an?«

Ich dachte nach.

»Wie würdest du den derzeitigen hygienischen Status deiner Haut beurteilen, Liebes?«

Schnüffelnd inspizierte sie die Pfirsichplantage ihrer Ellenbogen und der anderen Extremitäten – jenes blütenzarte, duftende Wunderland aus purem Oil of Olaz –

und meinte: Meine Güte, du hast recht, ich bin ein stinkendes Warzenschwein!«

Diese Antwort hatte ich erwartet.

»Also müssen wir in die Wanne gehen, richtig?«

»Unbedingt.«

Um Wasser zu sparen, baden die liebste Perle und ich grundsätzlich gemeinsam. Diese vorbildliche Methode ist uns gleich zu Beginn unserer Beziehung spontan eingefallen, und wir pflegen sie seitdem beharrlich und mit sparsamer Tugend. Die liebste Perle ging ins Badezimmer und ließ das Wasser ein. Als die Wanne halbvoll war, klaute ich ihr flink die Schuhe und setzte sie samt ihrer Klamotten beherzt ins lauwarme Nass. Zunächst dachte sie, ich sei übergeschnappt, und schimpfte schrill.

»Ey! Was soll das, Jan?«

Blitzschnell sog sich der Stoff ihrer Sachen mit Wasser voll.

»Bäh …«

Ebenfalls in voller Montur, gesellte ich mich kurz darauf platschend zu ihr. Die liebste Perle schaute mich ratlos an und wartete auf eine Erklärung.

»So hat meine Oma das schon gemacht«, sagte ich.

»Was denn? In Klamotten gebadet?«

»Ja, das auch. Damals waren die Menschen nämlich noch katholisch bis zur letzten Konsequenz und hatten keine abschließbaren Badezimmertüren. Aber vor allen Dingen gab es keine Waschmaschinen.«

Ich streute eine Handvoll Seifenpulver ins Wasser. »Warum verbinden wir nicht einfach das eine mit dem anderen? Bingo.«

Die liebste Perle lachte kopfschüttelnd, und wir halfen uns gegenseitig, die nassen Lappen herunterzupellen. Bald umgab uns eine gemütliche Mischung aus warmen Badewasser und darin schwimmender Wäsche.

»Mmh, das ist ja richtig angenehm«, sagte die liebste Perle, als mein schwebendes T-Shirt sie sanft umschmeichelte. »Wie ein kuscheliges Wasserbett. Herrlich.«

»Tja ...« Zufrieden lächelte ich. »Auf die Idee bin ich gekommen, als mir einmal aus Versehen das Badehandtuch ins Wasser gefallen ist, weißt du? Kaum eine Stoffeligkeit, an der kein Nutzen hängt.«

Die liebste Perle drehte den Wasserhahn auf, und das Waschgut um uns herum kam in Bewegung.

»Also, für eine wirklich porentiefe Reinigung reicht die Methode wohl kaum aus«, meinte sie.

»Ach, für den eingebildeten Schmutz von duftigen Perlen mit Waschzwang reicht es allemal«, grinste ich.

»Mmpf.«

»Mach dir nichts draus, Liebes. Wenn ich es jetzt noch schaffe, mir einen Waschbrettbauch anzutrainieren, dann können wir die Waschmaschine glatt wegwerfen.«

Smart, aber herzlich

Die Fernsehgeschädigten

An einem ganz alltäglichen Freitagnachmittag lagen die liebste Perle und ich auf dem Teppich im Wohnzimmer und starrten wortlos an die Decke.

»Ach, ist das langweilig«, gähnte sie.

»Ja«, sagte ich. »Das Leben ist furchtbar langweilig. Nicht zum Aushalten, was? Immer das gleiche: Morgens aufstehen, zur Arbeit gehen, nach Hause kommen, was essen, sich vors Fernsehen hocken und abends wieder ins Bett gehen. Am Morgen dann wieder aufstehen, zur Arbeit gehen, essen, fernsehen, Bett, aufstehen, Arbeit, essen, fernsehen, Bett, aufstehen, Arbeit ...«

»Jaja ...« Die liebste Perle seufzte. »Du hast recht – Fernsehen! Vielleicht wäre das ja eine Möglichkeit?«

Ihr Arm hangelte nach der Fernbedienung über ihr auf dem Couchtisch.

»Ach Schatz. Lass den Kasten aus. Es kommt doch sowieso nichts Gescheites. Die Zeiten sind vorbei. Damals, als es noch drei Programme gab, da sah das noch anders aus ...«

»Wie meinst du das?«

»Na, da gab es noch keine Fernbedienung, und man war gezwungen, das zu gucken, was kam.«

Die liebste Perle schmunzelte.

»Ja … hihi. Richtig. Und die Serien kamen noch aus Amerika, wie es sich gehört. Wir haben damals im Sandkasten immer alles nachgespielt, was wir im Fernsehen gesehen haben. Synchronisiert natürlich.«

»Echt? Na, da wundert es mich aber, dass du noch lebst, Schatz. Mein Cousin hat sich mal den Arm gebrochen, als er mit seinem Fahrrad den Schreit-Rider nachmachen wollte. Mann, hat der gebrüllt!«

»Ach, der Schreit-Rider … So was hab ich gar nicht geguckt.«

»Nein? Was dann? Das AH-Team vielleicht?«

»Quatsch. Doch nicht so einen Jungs-Kram …«

»Mmh. Und was ist mit Mac Eifer? Der hatte zumindest 'ne Frisur wie ein Mädchen.«

»Ach, der war doch viel zu langweilig. Echt, der hatte ja noch nicht mal eine feste Freundin, geschweige denn eine Knarre. So was Vorpubertäres …«

»Und Mac Num?«

»Das Gegenteil. Viel zu dekadent. Der knutschte ja jede Folge mit einer anderen, der Witzbold.«

»Okay. Dann ein Bold für alle Fälle?«

»Pah. Zu viel Auto-Gekräsche.«

»Auto ...« Ich dachte angestrengt nach. »Ha! Jetzt weiß ich, was du geguckt hast, Schatz: Smart aber herzlich!«

Sie lächelte. »Genau – hach, das waren noch Zeiten!«

Wir schauten zur Decke, und für ein paar Minuten flimmerten markant-romantische Action-Szenen vor unserem geistigen Auge. Dann sagte ich: »Mist. Das können wir leider nicht nachmachen, Schatz. Wir haben keinen Mercedes.«

»Wenn's nur das ist«, meinte die liebste Perle. »Meine Tante Hedwig hat einen – aber der steht neuerdings in der Garage rum, weil direkt vor ihrem Haus ein Supermarkt aufgemacht hat.«

»Echt? Ein richtiger Mercedes?«

»Klar. Denkst du einen zum Spielen?«

»Oh Mann ...«

Langsam nahm unser neues Leben voller Spannung und Abenteuer Gestalt an. Als wir am nächsten Morgen vor Tante Hedwigs Garagentor standen (»Nehmt den Wagen ruhig eine Weile, Kinder. Dann wird er wenigstens bewegt«) malte sich mein Röntgenblick bereits markante SL-Formen aus. Kerniger Sound und Formationsflug auf der Autobahn ... Lockige Traumfrauen am

Steuer und wehende Dauerwellen, smarte Butler mit Reibeisenstimme und ...«

Auf Knopfdruck öffnete sich das Garagentor.

»Hä? Und einen Schuhkarton auf Rädern?«

»Na, was hast du erwartet, Jan? Die goldenen Siebziger sind vorbei. Heutzutage verlangen sie Geld fürs Benzin. Tante Hedwig ist doch schließlich keine Selfmade-Millionärin.«

Mühsam zwängten wir uns hinters Steuer. Die liebste Perle war ja recht schlank, aber ich musste mich so weit herunterbeugen, dass meine Nase kurz die Fußmatte berührte.

»Ächz ... Das ist aber nicht sehr originalgetreu. Kannst du dir nicht wenigstens 'ne Dauerwelle reinmachen, Schatz?«

»Lieber nicht«, meinte die liebste Perle und wühlte mir am Gesäßbereich, weil sie da irgendwo die Buchse zum Anschnallen vermutete. »Ich schätze, bei zusätzlich vergrößertem Haarvolumen könnte es hier drin wirklich eng werden, Jan.«

Nun ja. Einen Vorteil hatte die Karosse im Gegensatz zu unserem Moped ja wenigstens: man durfte mit ihr sogar – ob man's nun glaubt oder nicht – die Autobahn befahren.

»Wie wär's, Jan? Sollen wir mal nach Hannover fahren?«

Meine Augen leuchteten. »Hannover – das ist der Duft der weiten Welt! Ja! Lass uns nach Dortmund fahren, Schatz!«

Der Wagen war doch um einiges flotter, als wir gedacht hatten. Nicht so sehr der Motorleistung wegen, sondern eher durch seine hellen Scheinwerfer. Sie ermöglichten es, beim Unterholen von Lastwagen ausreichende Sicht zu behalten und noch nicht einmal die Spur wechseln zu müssen. Ich inspizierte den Unterboden durch das Dachfenster.

»Junge, Junge, der muss aber auch mal wieder zum Tüv. Guck mal: Da hängt ja die Schutzfarbe schon in Fetzen runter!«

»Das ist keine Schutzfarbe, Jan. Das sind kleine Tütchen mit Rauschgift drin. Hast du das Nummernschild nicht gesehen? Dieser Laster kommt aus Holland.«

»Wow …«

Mir lief es kalt den Rücken herunter. »Ehrlich, Schatz. Wir hätten uns viel eher diesen Smart besorgen sollen.«

In Hannover gingen wir erstmal ordentlich shoppen. Die liebste Perle kaufte mir einen extrem lässigen Seidenanzug aus dem Discounter, der zwar aus Polyester war, aber mal ehrlich: Im Fernsehen ist mit Sicherheit auch nicht alles Gold, was glänzt. Schon gar nicht der Miami-Schweiß …

Zur Kaffeezeit ließen wir uns in einem ziemlich verräucherten Lokal in der Fußgängerzone nieder.

»Hör mal, Schatz. Dieser Schuppen kommt mir irgendwie komisch vor. Und warum setzen wir uns bei dem tollen Wetter eigentlich nicht auf die Terrasse?«

»Wegen dem da«, antwortete die liebste Perle gedämpft und deutete mit einem Kopfnicken in Richtung eines schlecht rasierten ledernen Typs an der Bar.

»Der?«

»Guck da nicht so hin, Mensch! Der Kerl ist unter Garantie ein Drogendealer.«

»Oh wei. Und nun?«

»Was wohl? Wir lösen den Fall natürlich.«

»Klasse. Aber wie?«

»Pass auf: Wir gehen dahin und tun so, als ob wir Drogen kaufen wollten. Dann fragen wir ihn aus. Das macht man so. Auf diese Weise erfahren wir seine Verbindungen, verstehst du?«

»Oh Mann …«

Im Geiste sah ich mich schon zu spannender Hintergrundmusik durch die Belüftungsanlage irgendeiner südamerikanischen Millionärsvilla kriechen, um die liebste Perle aus der Gewalt schmieriger Mafiagangster zu befreien. Solche Kerle sind ja bekanntlich zu allem fähig und haben richtige Maschinenpistolen ...«

»Äh, hast du keine Angst, Schatz?«

Die liebste Perle verdrehte genervt die Augen. »Willst du nun ein aufregendes Leben haben oder nicht?«

Sie hatte ja recht. Nein, wirklich, wir hatten uns schließlich entschieden: Lieber mit dreißig gegen den Kugelhagel anrennen und die Welt retten, als mit hundertzwei an Herzstillstand eingehen. Und außerdem gewinnen die Guten am Ende sowieso immer.

Entschlossen stand ich auf. »Bleib hier, Schatz. Ich rede zunächst allein mit dem Kerl. Du gibst mir Rückendeckung und bewachst den Ausgang.«

»Okay.«

Misstrauisch beäugte mich der Lederne aus den Augenwinkeln, als ich neben ihm Platz nahm.

»Guten Tag.«

»Tag ...«

»Gestatten Sie? Mein Name ist Mario«, grinste ich messerdünn. »Mario Hahna. Sie verstehen?«

Sein messerdünnes Grinsen bewegte kaum merklich seine Bartstoppeln.

»Verstehe ...«

»Also, ich hätte dann bitte gerne dreißig Gramm frisch gemähtes Gras.«

Der Ganove blies eine große Rauchwolke in den Raum.

»Da muss ich Sie enttäuschen, Mister ... (Wow – er sagte sogar *Mister* ...) Ich bin hier für den Import zuständig, nicht für den Verkauf. Wenn Sie mir stattdessen etwas Interessantes anzubieten hätten, könnten wir ins Geschäft kommen.«

»Mmh, da muss ich erst mit meinen Verbindungsmännern telefonieren.«

Ich zwinkerte der liebsten Perle unauffällig zu, und sie folgte mir auf die Toilette. Ein kurzer Handgriff unter den Klodeckel, ob auch kein Ungeziefer mithörte, dann berichtete ich über die Lage.

»Fantastisch!«, strahlte meine Co-Ermittlerin. »Das ist die Chance, Jan! Das läuft ja besser, als ich gedacht habe. Hier ...«

Sie holte das Polyester-Jacket aus der Einkaufstüte und streifte es mir über. »Hör zu, du machst Folgendes ...« *Wisper-wisper ...*

»Alles klar!«

Lässig bahnte ich mir den Weg durch die Rauchschwaden zurück an den Tisch des Dealers. Zunächst wandte ich ihm den Rücken zu (es war so ein drehbarer Barhocker mit lederner Luxuslehne) und sprach mit gelassenem Ton in Richtung Wand: »Sie müssen verzeihen,

Mister. Ich habe Ihnen nicht die ganze Wahrheit gesagt. Mein Name ist gar nicht Mario Hanah.«

»Ach?« Der Stoppelbart drückte seine Zigarette im Aschenbecher aus. »Was Sie nicht sagen. Da wäre ich im Leben nicht drauf gekommen.«

Mit dezentem Schwung drehte sich die Lehne nach vorne.

»Mein Name ist Jan van de Harth. Ich bin ein Selfmade-Millionär.«

Meine Haare glänzten perfekt gescheitelt, und ich grinste: »Nun, Mister, Sie wissen sicher, was *selfmade* bedeutet, nehme ich an? Ich besitze einige weitläufige Plantagen in Kolumbien. Nicht gerade mit Rohrzucker, wenn Sie verstehen … Undercover bin ich hier, um den Markt zu sondieren.«

Überrascht sah mich die Lederjacke an.

»Nun ja«, erklärte ich, »die Guten sind eben höchstens im Film auch die Reichen, nicht wahr?«

»Sehr richtig«, meinte der Mann nickend und zog ein Paar Handschellen aus der Tasche. »Ich könnte mir als Zivilfahnder tatsächlich ein besseres Leben vorstellen. *(Klick)* Kommen Sie bitte mit!«

»Was?«, rief ich und wand mich in seinem Klammergriff. »Ihr Mistbullen! Ihr Nachmacher!«

Tatenlos musste die liebste Perle zusehen, wie ich von drei Uniformierten abgeführt wurde.

Was so schön als herzlich-romantische Vorabend-Unterhaltung begonnen hatte, entwickelte sich nun zu einer dieser ätzend realistischen Tatortfolgen. Ein übermüdeter Kommissar mit schlecht geknotetem Schlips richtete eine grelle Bürolampe auf mein Gesicht.

»Jetzt noch mal ganz von vorne, Herr van de Harth ...«

»Ich will nach Hause!«, jammerte ich. »Das war alles nur ein Scherz! Ich heiße gar nicht so! Ich wollte doch nur mit meiner Freundin einen Drogenring überführen!«

»Haha. Sehr gut. Wohl als Kind zu viele TKKG-Kassetten gehört, was?«

»Stimmt auch nicht! Wir haben Fernsehen geguckt!«

»So? Na, dann kriecht die Holde wahrscheinlich schon mit 'ner Kalaschnikov zwischen den Zähnen über uns in der Belüftungsanlage, um Sie hier rauszuholen, was?«

In diesem Moment ging die Tür auf und ein Beamter führte die schüchtern lächelnde liebste Perle herein.

»Guten Tag. Ich kann alles aufklären, Herr Kommissar.«

»Natürlich. Noch so ein kriminalistisches Genie, was? Los, setzen Sie sich.«

Mit Händen und Füßen konnte die liebste Perle den Beamten von der Wahrheit überzeugen und verhindern, dass man mich nicht mit gewissen Krankenhäusern für überforderte Fernsehgeschädigte belästigte. Endlich durften wir wieder nach Hause fahren.

Abends im Bett starrte sie mit mir an die weiße, langweilige Decke (bei uns zu Hause) und fragte: »So – und was machen wir morgen?«

»Mm ... Also, ich würde sagen: Wir stehen auf, verrichten unsere Arbeit, lesen statt fernzusehen ein Buch und gehen dann wieder ins Bett.«

Erleichtert atmete sie auf. »Au ja ...«

Chaos-Theorie
Das Bleistift-Prinzip

Die liebste Perle und ich harmonieren im Regelfall erstklassig nach dem fernöstlichen Prinzip von Yin und Jan. Das bedeutet: Unsere Gegensätze ergänzen sich. Was dem einen fehlt, das hat der andere und umgekehrt. In einer Sache jedoch sind wir uns dummerweise gleich, und deshalb haben wir da oft Schwierigkeiten: Wir sind beide gleich unordentlich.

»Jan, wo ist mein Haarband?«, rief die liebste Perle durch die Wohnung und stellte das ganze Badezimmer auf den Kopf. »Verflixt, ich kann es nicht finden! Hilf mir doch mal.«

Die Schönheit meiner liebsten Zauberfee folgt nämlich auch einem Prinzip: dem Loreley-Prinzip. Sie ist ohne ihr Geschmeide aufgeschmissen. Eine Frau mit langem, offenem Haar sieht zwar zweifelsohne schön aus, aber sie ist sehr unpraktisch. Sie kann nicht mit einer Bohrmaschine arbeiten, sie kann nicht staubsaugen, sie kann bei Wind nichts sehen. Im Grunde genommen kann sie mit offenem Haar eigentlich absolut gar nichts außer schön aussehen.

Wir fanden ihr Gummi schließlich hinter den Polsterkissen vom Sofa, zwischen bereits verschollen geglaubter Unterwäsche. Wie es dort hingelangte, könnte im Nachhinein wahrscheinlich nicht mal ein Sherlock Holmes oder Columbo rekonstruieren. Aber egal: Jetzt war die Welt ja wieder in Ordnung. Mit Pferdeschwanz sieht die liebste Perle nämlich eigentlich fast noch schöner aus – und sie sieht auch selber besser. Also: durch ihre Augen. So sollte es vorerst auch bleiben, denn noch am selben Nachmittag stießen wir beim Einkaufen auf ein echtes Phänomen: eine ganze Tüte voller schicker Haargummis für keine zwei Euro. Es waren schätzungsweise etwa hundert Stück, in allen Formen und Farben. Die liebste Perle schrie entzückt auf und kaufte gleich zwei Tüten. Wirklich, auf die Idee hätten wir auch eher kommen können. Besonders ich. Denn jetzt erkannte ich nunmehr das dritte kosmische Prinzip für heute: das Bleistift-Prinzip. Ich nenne es so, weil ich bereits seit meiner Kindheit über mehrere hundert Bleistifte und Kulis verfüge. Einige davon sind sogar älter als ich selbst, mit Nixdorf-Werbung ohne Siemens drauf. Nur liegen sie nicht etwa wohlgeordnet in einem Kasten oder Etui – das würde auch wenig Sinn machen –, sondern kreuz und quer in der Wohnung verteilt. Immer, wenn ich etwas zum Schreiben brauche, schaue ich mich bloß um und habe sofort einen Stift in Griffweite. Genauso verhält es sich mit Zetteln. Das Prinzip ist alt wie die Welt und wird in unserer Familie seit Adam und Eva von Generation zu Generation weitergetragen. (*He, Schatz, ich brauche mal 'n Feigenblatt. – Ja und? Pflück dir halt eins vom Baum.*) Und nun profitiert auch meine glückliche liebste Perle davon: Sie braucht nicht mehr nach ihren Haargummis zu suchen, sondern greift einfach auf den Couchtisch, das Nachtkonsölchen oder in die Besteckschublade, und schon hat sie eins. Ein natürlicher Verschleiß bleibt dabei zwar nicht aus – im Laufe der Zeit werden es von der Anzahl her nach und nach weniger –, aber dann holt sie sich einfach alle paar Wochen eine neue Tüte und füllt die Wohnung neu damit auf. Das System funktioniert perfekt. Mittlerweile können wir uns nichts Schöneres vorstellen und haben das Bleistift-Prinzip auf Feuerzeuge, Schraubenzieher, Socken, Nylonstrümpfe, Tempotaschentücher und Fernsteuerungen fürs Fernsehen ausgeweitet. Aber trotz alledem: Ich muss mich endlich in Disziplin üben und bessere Geschichten schreiben. Geld muss ran. Viel Geld. Gestern hat die liebste Perle nämlich ihr Handy verloren …

Überraschung!

Dass die Welt, in der wir leben, einfach furchtbar ernst ist, im schlimmsten Falle sogar grausam, aber selbst bei günstigsten Verhältnissen noch entsetzlich langweilig und fade, wird man wohl höchstens einem Neugeborenen erklären müssen, denn jeder andere Erdbewohner hat dies mit Sicherheit bereits ausgiebig selbst festgestellt. Vor allem aber ist die Welt eines: absolut grau und unromantisch. Zum Glück gibt es dagegen tatsächlich ein Heilkraut, das gar nicht mal so schwer zu finden sein muss, wenn man nur lange genug sucht: eine erfüllte Beziehung, die nur so überquillt vor Romantik. Dazu bedarf es noch nicht einmal großartiger Mittel wie millionenteure Märchenschlösser und künstliche Schwanenseen, sondern lediglich etwas Fantasie. Zum Beispiel ist es furchtbar romantisch, sich gegenseitig von Zeit zu Zeit eine Überraschung zu bereiten. (Im positiven Sinne gemeint natürlich, auch wenn die ewigen Zyniker der unromantischen Welt jetzt wahrscheinlich etwas anderes erwartet haben.) Die liebste Perle zum Beispiel ist ungeschlagen darin. (Im Überraschungen machen, nicht im Zynismus.)

Manchmal komme ich abends nach Hause, sie hält mir die Augen zu, führt mich in die Küche und hat ein Riesenblech von meiner Lieblingspizza gebacken. Oder sie hat mir einen Pullover gestrickt, der sogar passt und meine Lieblingsfarbe trägt. Ich bekam mit der Zeit schon ein ganz schlechtes Gewissen, weil *mir* nie so etwas einfällt. (Mal abgesehen davon, dass ich sowieso nicht stricken kann.) Tag und Nacht überlegte ich, wie ich es der liebsten Perle heimzahlen konnte. (Ebenfalls im positiven Sinne gemeint, auch wenn den Zynikern schon langweilig werden sollte.)

Eines Tages bekam die liebste Perle wieder ihre »maritime Phase«. Ich nenne das so, weil ich seit langem vermute, dass die Frau unter ihren Vorfahren wahrscheinlich Meeresbewohner hatte. Möglicherweise ist die liebste Perle sogar eine Meerjungfrau. Sie schmückt sämtliche Schrankvitrinen mit Muscheln und Seesternen, kauft Handtücher mit Segelschiffen drauf und Toilettensteine mit Meeresduft. Diesmal war es besonders schlimm: Sie summte den ganzen Tag »La Paloma«, backte Sandkuchen und benutzte statt herkömmlicher Kleidung ihren Badeanzug als Unterwäsche. Als sie mich gar nach der uralten Schallplatte von Freddy Quinn fragte, musste ich handeln. In meinem Kopf reifte bereits die unglaublichste und schönste Überraschung, die wahrscheinlich je einer liebsten Perle gemacht wurde. Am Abend träufelte ich ihr K.o.-Tropfen in die heiße Milch. Wenig später warf sich die liebste Perle ihr türkisblaues Nachthemd mit dem Seesternmuster über legte sich nichts ahnend in ihr Kuschelbett.

»Träum was Schönes«, summte ich ihr beim Gutenachtkuss noch ins Ohr, und dann wirkte die Chemie. Vorsichtig nahm ich die liebste Perle auf den Arm (nicht zynisch gemeint), warf ihr eine Decke um und setzte sie auf den Beifahrersitz des Autos. Dann ging es stundenlang durch die Nacht in Richtung Norden. In der Frühe erreichten wir St. Peter Ording an der Nordsee. Ich fuhr das Auto auf den Strand (in St. Peter Ording darf man das; Romantiker sind zwar selten, aber sterben nicht aus), schnallte die liebste Perle los und legte sie auf eine weiche Decke mitten in die Dünen. Die warme Morgensonne und ein Küsschen weckten sie.

»Huch ... Wo bin ich?«

»Überraschung, Liebes!«

Ganz entgeistert sah sich die liebste Perle um.

»Das gibt's doch nicht! Träume ich? Oh, Jan, woher wusstest du, dass ich ... Ach, ich kann's noch gar nicht fassen!«

Sie stand auf, die milde Meeresbrise wehte durch ihr Haar, und überglücklich fielen wir uns in die Arme.

»Hast du auch die Haustür abgeschlossen?«

»Na klar, Liebes.«

»Und die Kellertür?«

»Kellertür? War die nicht sowieso zu?«

»Oh, Jan, du Trottel ...«

Lustig, nicht wahr? Ist es nicht ein Jammer? Du kannst auf Wolke sieben schweben – die nächste Kellertür ist nicht weit. Und wenn sie dir vor den Kopf schlägt. Denn egal, was auf der Welt auch geschieht: Die Zyniker lachen immer.

Herrenlose Handtaschen

Eines Mittags kam die liebste Perle vom Zahnarzt nach Hause und hatte etwas Wichtiges vergessen.

»Jan! Meine Handtasche hängt noch im Wartezimmer«, rief sie und patschte sich frustriert vors zerstreute Köpfchen.

»Haha, du bist wohl verliebt, Schatz?«

»Nun ja – kannst du vielleicht, wenn du heute Nachmittag in der Stadt bist, da eben reinspringen und sie holen?«

»Klar.«

Die Praxis des Zahnarztes lag in der Fußgängerzone und war mit dem Auto nicht direkt zu erreichen. Auf dem Weg beobachtete ich die Menschenmassen um mich her und dachte ich über Handtaschen nach. Die jüngeren Mädchen trugen meist ausgeflippte Modelle aus Jeansstoff oder mit Fransen dran, während die älteren Jahrgänge eher dunkle, elegant aussehende Taschen bei sich hatten. Ansonsten zog sich das Phänomen quer durch alle Generationen. Aus dem Trend kommt die Sache wahrscheinlich nie, erfüllt sie doch in erster Linie einen praktischen Nutzen. Unentbehrliche Gerätschaften wie Tempotaschentücher, Nagelfeile, Haarbürste, Marmeladenglasöffner und Lippenstift werden darin schick und praktisch aufbewahrt. Der genaue Inhalt variiert je nach Alter und Vorlieben der Besitzerin. Ein Lippenstift ist jedoch grundsätzlich *immer* dabei. Sollte man eines Tages eine *herrenlose* Handtasche finden (ziemlich sexistischer Ausdruck, nicht wahr?) – also, sollte man einmal eine *frauenlose* Handtasche finden, die keinen Lippenstift enthält, ist es keine – Kulturbeutel sehen manchmal so ähnlich aus. Denn einen Lippenstift benutzen grundsätzlich *alle* Mädchen, auch wenn sie es nicht zugeben. Lediglich die Art des Malgerätes variiert: Die braven haben einen Labellu und die anderen einen knallroten von Stief Rocher. Zumindest habe ich bisher noch nie gesehen, dass ein Mädchen ihren Lippenstift aus der Gesäßtasche gezogen hätte. Diese Unart ist allein den Männern vorbehalten – und damit sind wir beim Eklat angelangt: Es ist einfach ungerecht! Warum dürfen Männer so was nicht benutzen? Also eine *Handtasche* – keinen Lippenstift, meine ich jetzt. Unsereins ist gezwungen, sämtliche Gebrauchsgegenstände wie Taschenmesser, Mundharmonika, Feuerzeug und Nasenhaarschneidemaschine umständlich in die Außen- und Innentaschen der Jacke zu zwängen, die dadurch schon mal das Gewicht eines Kettenhemdes erreichen kann. Im Sommer sieht man dann ganz alt aus: Da wird der Kram mühsam zwischen Portemonnaie, Schlüsselbund und Rotzfahnen in die Hosentaschen gestopft. (Was mitunter sehr weiblich anmutende Hüftweiten ergibt.) Eine Handtasche dagegen ist völlig kleidungs- und temperaturunabhängig und würde samt ihrer Trägerin sogar noch am FKK-Strand ein reizvolles Bild abgeben.

Fast wäre ich so in Gedanken an der Zahnarztpraxis vorbeigelaufen, kam aber gerade noch rechtzeitig vor Feierabend zur Tür herein. Am Garderobenständer im Eingangsbereich hing sie endlich: die kleine, hübsche weiße Handtasche meiner liebsten Perle. Kaum griff ich danach, zog die Sprechstundenlady ihre getuschten Augenbrauen hoch und räusperte sich vernehmlich. Im selben Moment dämmerte mir auch, wieso.

»Wissen Sie – das ist die Handtasche meiner Freundin«, versuchte ich zu erklären. »Sie hat sie heute Morgen hier vergessen.«

»Jaja, das kennt man. Was glauben Sie, warum wir unsere Garderobe eigens in Sichtweite der Rezeption aufgestellt haben? Mehrere Patientinnen sind bereits beklaut worden!«

»Aber das ist *wirklich* die Tasche von meiner Freundin. Ich kann es beweisen.«

»So?«

Ich legte das Objekt des Misstrauens vor die Sprechstundenhilfe auf den Tresen.

»Schauen Sie rein – ich sage Ihnen genau, was drin liegt.«

»Also gut.«

Sie öffnete den Verschluss.

»Nun, zunächst ist da ein Lippenstift.«

»Ich bitte Sie – in *jeder* Handtasche ist –«

»Ein Labellu!«, fuhr ich unbeeindruckt fort (und grinste, weil's endlich mal eine zugegeben hatte). »Des Weiteren ein zweiter Lippenstift von Schnief Rocher in Zartrosé (nicht Knallrot) und ein beigefarbenes Portemonnaie, welches seinerseits das zerknüllte, abgeliebte Portrait eines sympathischen jungen Mannes enthält (womit kein Fünfzigmarkschein gemeint war), ein Taschentuch aus hellblauer Spitze und einen 17er Maulschlüssel.«

Perplex fand die Sprechstundentante genau die beschriebenen Sachen in der Tasche vor.

»Stimmt – und so ein Schraubenzieher mit Birne dran ist hier auch noch.«

»Das heißt *Schraubendreher*, Verehrteste«, erklärte ich und nahm die Handtasche an mich. »Zum Spannungprüfen, wissen Sie? Bevor man ein Buch kauft, hält man das

Gerät an den Umschlag. Haha. Wenn's leuchtet, ist es eins von mir.«

»Verstehe.«

Zufrieden verließ ich die Praxis. Gut, der Maulschlüssel und der Spannungsprüfer gehörten nicht direkt der liebsten Perle (sie weiß auch so, dass meine Bücher spannend sind), aber manchmal benutzte ich ihre Handtasche eben mit. Ich finde, so etwas muss schon drin sein in einer harmonischen Beziehung. Männer mit verständnisvollen Partnerinnen erkennt man daran, dass ihre Hosentaschen leer sind und eben nicht – wie bereits erwähnt – krankhaft aufgeschwollen wie bei Junggesellen.

Aber irgendwie traute ich mich trotzdem nicht. Ich meine: mir die Tasche auf dem Nachhauseweg richtig um umzuhängen, nämlich mithilfe des Schulterriemens. Ich hielt sie ganz normal in der Hand, während besagte Schlaufe über den Boden schleifte. Ziemlich bescheuert irgendwie – und alles nur wegen der Leute. Warum sollte ich diesen blöden Schulterriemen nicht benutzen? Schon deshalb, weil das Ding auf die Dauer relativ schwer war, probierte ich also verschiedene Positionen: Vorm Bauch um den Hals baumelnd, sah das Ganze aus wie im Kindergarten. Nach hinten über den Rücken strangulierte es unangenehm. Ich nahm die Tasche genervt wieder runter, wickelte den Riemen auf kurze Länge zusammen und hielt sie schlenkernd in der rechten Hand, ähnlich einem Morgenstern (eine Verwendungsmöglichkeit, die hier übrigens noch gar nicht erwähnt wurde). Mitten in der Einkaufsstraße wurde mir die Hampelei jedoch schließlich zu bunt, und ich trug die Tasche endlich, wie es zweckmäßig war und wie es auch meine liebste Perle täte: seitlich an der Schulter und in Hüfthöhe. Die amüsierten Blicke umher, die mich seit Verlassen der Zahnarztpraxis begleitet hatten, steigerten sich nun ins Unerträgliche. Halbwüchsige tuschelten einander kichernd ins Ohr, alte Herrschaften schauten fast erbost, ein Typ mit Irokesenschnitt pfiff mir hinterher – und alles bloß, weil ich es wagte, mich gleichberechtigt zu verhalten. Nur ein einziger Mensch lächelte mich neben der Fußgängerampel freundlich an: ein Leidensgenosse. Ja, der arme Kerl musste wirklich eine ziemlich vergessliche Freundin haben: Sie hatte augenscheinlich nicht nur ihre Handtasche, sondern auch ihre Stöckelschuhe, ihre Pelzstola und ihr Tigerfellkleid beim Zahnarzt vergessen.

Hearts of Fire
Mein Schnuffeltuch

Spät abends lag ich wach in meinen Kissen und konnte nicht schlafen. Ja, es waren tatsächlich *meine* Kissen und nicht *unsere,* und es waren auch nicht wirklich Kuschelkissen. Denn die liebste Perle lag nicht neben mir. Seit drei Tagen besuchte sie ihre Familie in einer weit entfernten Stadt. Und ich konnte, wie gesagt, nicht schlafen. Genau wie letzte Nacht. Und die Nacht davor …

Nun ist es ja nicht so, dass ich es nicht aushalten würde, wenn die liebste Perle einmal nicht bei mir ist, oder dass ich allein nicht zurecht kommen würde, aber über eines machte ich mir doch Gedanken: In derselben Stadt wohnt ihr blöder Exfreund. Nun ist es ja auch nicht so, dass ich Angst hätte, die liebste Perle könnte mich hintergehen, wo sie mir doch so oft die Treue geschworen hat; aber was soll ich denn machen, wenn sie – nur einmal angenommen – nicht wieder zurückkäme? Ich würde es doch im Grunde keinen Tag lang ohne sie aushalten und allein überhaupt nicht zurechtkommen!

Traurig drückte ich meinen alten Plüschkater Paul enger an mich. Eigentlich lächerlich, denn andere Menschen verbringen schließlich ihr ganzes Leben ohne eine liebste Perle, und manche von ihnen sogar freiwillig. Man hört sogar immer wieder Gerüchte, dass, ganz vereinzelt, welche von ihnen mit über neunzig eines ganz natürlichen Todes sterben und nicht etwa in die Weser springen oder sich im Supermarkt in die Luft jagen. Aber machen wir uns nichts vor: Wer einmal den Kuss einer *wirklich* liebsten Perle gespürt hat, so ehrlich und so verzaubert süß, wie nur eine total Verknallte es kann, der ist für den Rest seines Lebens von ihr abhängig. Dessen Herz hält sie nicht nur buchstäblich in Händen, der ist ihr auf Gedeih und Verderb ausgeliefert.

Es half nichts. Ich musste sie bei mir haben – jetzt. Ich ging zum Wäschekorb und kramte darin, bis ich das himmelblaue Satin-Unterhemd der liebsten Perle gefunden hatte, und legte es mir wie ein Schnuffeltuch auf die Augen. Ich musste ihren Duft riechen, diese betörende Mischung aus dem Parfüm, das ich ihr zum letzten Geburtstag geschenkt hatte, und ihren nicht minder duftenden süßen Schweißperlchen.

Am nächsten Morgen suchte ich im Kleiderschrank vergeblich mein Paderborner Pilsener. Also, mein Bier-T-Shirt mit dem fliegenden Münchhausen drauf. Ja, das schien sie schon zu sein, die ersten Auswirkungen eines Lebens ohne liebste Perle. Ich fand meine Klamotten nicht wieder. Bald wäre es so weit, dass ich meine Herztabletten nicht mehr fände, und bald, dass ich sogar welche bräuchte. Weil es nun wirklich keine Rolle spielt, was ein Mensch unsichtbar drunter trägt, zog ich einfach ihr himmelblaues Satin-Unterhemd an. Nun begleitete mich der süße Geruch der liebsten Perle, wo ich ging und stand ...

Während des Frühstücks läutete das Telefon.

»Hallo Jan! Ich komme schon heute nach Hause. Mutti braucht das Gästezimmer unvorhergesehen für meine Tante. Sie benötigt seelischen Beistand, weil ihr Mann auf Geschäftsreise ist.«

»Ja? Oh ... Du hättest aber ruhig noch ein paar Tage bleiben können. Ich hatte es mir schon richtig gemütlich gemacht für einen Fußballabend mit den Jungs.«

»Haha. Du guckst doch nie Fußball, Jan. Also, holst du mich um zwei am Bahnhof ab?«

»Ist gut.«

Mit einer halben Stunde Verspätung traf der Zug ein. Ich fiel der liebsten Perle erleichtert um den Hals.

»He, Jan, ich komme von meiner Mutti nach Hause, und nicht als Spätheimkehrerin nach sieben Jahren Krieg!«

Arm in Arm verließen wir den Bahnhof.

»Und? Willst du jetzt nach Hause, Liebes, oder noch was Schönes in der Stadt unternehmen?«

Kurz darauf saßen wir zusammen in unserer Lieblingspizzeria in der Libori-Galerie. Ja, in diesem Lokal pflegt man Stil; da schrabbeln nicht die nervenden Charts aus dem Radio, sondern es rotieren edle Scheiben von Bocelli im CD-Player, und daneben blubbern die dazugehörigen Pizzen im Ofen.

Der Kellner fragte höflich, ob er die Kerze auf dem Tisch entzünden solle. Italiener haben einen Blick für Verliebte. Deshalb ließ er sich nach dem Entfachen des Feuers auch extra lange Zeit mit dem Essen, damit wir uns ungestört in die Augen sehen konnten. Thomas Edison und seine Glühbirne in allen Ehren, aber solange es verliebte Menschen auf diesem Planeten gibt, werden Kerzen niemals aussterben. Sie lassen ihren Schein im Auge des Partners leuchten, sie lassen ihn bei der leisesten Atembrise flimmern wie einen fernen, geheimnisvollen Stern; sie brennen andächtig, sie brennen leidenschaftlich, sie brennen heiß –

»Jan, pass auf, dein Ärmel brennt! Schnell! Zieh es aus! Zieh es aus!«

Erschrocken riss ich mir das Oberhemd vom Leibe und trat die Flammen auf dem Boden aus.

»Puh, das war knapp.«

Ich rollte den angekohlten Fetzen zusammen und ließ mich erleichtert in den Stuhl zurücksinken. Die liebste Perle hielt sich kichernd die Hand vor den Mund. Ich wunderte mich ein wenig. Okay, Schadenfreude ist zwar angeblich die schönste Freude, aber sie lachte, als hinge mir eine ganze Konditorei im Gesicht.

»Was ist denn, Schatz? Was hast du?«

»Hihi, Jan, warum hast du denn mein Unterhemd an?«

Ich sah an mir runter und erschrak. Einige Leute starrten schon seltsam her. Umgehend riss ich mir das niedliche Ding mit den himmelblauen Spitzenrändern runter, fast noch flinker als das brennende Oberhemd. Auch wenn eine Pizzeria Stil hat, sieht es nicht wirklich vornehm aus, dort oben ohne zu sitzen wie am Sonnenstrand von Capri. Selbst wenn man nur ein Mann ist und selbst wenn man einen gestählten Astralkörper wie ich sein eigen nennt ...

»Jan, zieh wenigstens den Bierbauch ein.« Für Frauen, auch für liebste Perlen, ist alles, was nicht absolut hundertprozentig dem steinernen Vorbild des David von Michelangelo entspricht, ein Bierbauch. Eines Tages bringe ich den Michelangelo noch mal um dafür!

139

»Los, Jan, du musst was überziehen«, meinte die liebste Perle und sah sich verlegen um.

»Gute Idee, aber was?«

»Am besten dein Paderborner-Pilsener-T-Shirt.«

Sie pellte sich wortlos den Pulli runter, und der fliegende Münchhausen kam zum Vorschein.

Ich lachte. »Ach, *da* ist das Ding ... Und ich habe es schon gesucht.«

»Tut mir leid, Jan. Ich muss mich wohl beim Packen vertan haben ...«

Von Jan Benedix ist außerdem erschienen:

Beethovens Kater
und andere Ungereimtheiten

Heitere Gedichte und Geschichten
ISBN 3-8334-4064-3
Verlag Books on Demand GmbH, Norderstedt

Beethovens Kater ist selbst ein Meister der Töne. Zum Glück! Denn wenn der Virtuose in Zorn gerät, weil ihm partout nichts Gescheites aufs Noten-blatt kommen will, neigt er dazu, die Einrichtung zu zerkleinern, und dann muss Kater Fidelio schnell erste Hilfe leisten ...

In den heiteren Geschichten und Gedichten von Jan Benedix scheint nichts unmöglich. Da ist zum Beispiel der Hobby-Soziologe, der unbedingt ein holländisches Verständigungsproblem veranschaulichen will, indem er sich nach Strich und Faden vermöbeln lässt. Oder der Weihnachtsmann, der einmal fast über Moskau abgeschossen worden wäre, was ihn nicht daran hindert, bei einem Kidnapping höchstpersönlich in Erscheinung zu treten ...

Außerdem erfährt der geneigte Leser, was eigentlich in Gott vorging, als er Eva erschuf, wie die Loreley über Heinrich Heine dachte und warum neuer-dings die Computer-Inquisition ermittelt. Diese und andere dringliche Fra-gen werden endlich geklärt!